KB042797

봄이 오는 시간,
한번 살아보겠습니다

봄이 오는 시간, 한번 살아보겠습니다

초 판 1쇄 2023년 08월 17일

지은이 임주아
펴낸이 류종렬

펴낸곳 미다스북스
본부장 임종익
편집장 이다경
책임진행 김가영, 신은서, 박유진, 윤가희, 정보미

등록 2001년 3월 21일 제2001-000040호
주소 서울시 마포구 양화로 133 서교타워 711호
전화 02) 322-7802~3
팩스 02) 6007-1845
블로그 http://blog.naver.com/midasbooks
전자주소 midasbooks@hanmail.net
페이스북 https://www.facebook.com/midasbooks425
인스타그램 https://www.instagram/midasbooks

© 임주아, 미다스북스 2023, *Printed in Korea*.

ISBN 979-11-6910-303-9 03810

값 16,800원

미다스북스는 다음세대에게 필요한 지혜와 교양을 생각합니다.

봄이 오는 시간,
한번 살아보겠습니다

임주아 지음

마타북스

고통도
추억이
되었습니다

남들과 시작이 다른 인생이었습니다. 주변의 감사한 인연으로 지금까지 잘 살아왔습니다. 힘들고 외로울 때도 있었지만 함께하는 분들의 관심과 도움으로 살았습니다. 보이지 않는 어둠 속을 걸어가는 심정이었지만, 막상 지나고 보니 모든 순간은 추억이 되었습니다. 태어나자마자 부모에게 버림받았습니다. 후에 각자의 성씨가 다른 가족을 만났지요. 나이 많은 부모님과 가난한 형편에 상처받기도 했습니다. 처한 상황을 받아들이지 못한 채 불평과 불만에 사로잡혀 살던 때가 있었습니다. 예전으로 다시 돌아가 살라고 하면 물론 싫긴 하겠지만, 지난 시간과는 다르게 살아보고 싶습니다.

중·고등학교의 등록금을 마련하기 힘들어 진학을 포기해야 하는 순간이 있었습니다. 그러나, 엄마는 저를 포기하지 않았습니다. 힘든 일을 마다하지 않고 무엇이든 닥치는 대로 일해서 저의 뒷바라지를 했습니다. 고마움은커녕, 아이의 눈에는 엄마의 그런 일들이 남 보기에 부끄러운 일들이었습니다. 만약, 나라면 과연 그렇게 할 수 있을까? 생각해 보면, 엄마의 아낌없는 희생에 죄송하고 감사할 따름입니다. 그 모든 것이 얼마나 큰 사랑을 향하고 있었는지 이제야 이해가 됩니다.

직장생활을 하며 야간대학에 진학했을 때, 경제적인 이유로 힘들었습니다. 등록금을 마련하기 위해 저는 낮에는 일했고 회사가 끝나면 학교에 갔습니다. 엄마는 돌아올 딸을 위해 저녁식사를 준비하고 늦은 밤까지 부업을 하며 기다렸습니다. 비록 전문대였지만, 그 고단함을 잘 견뎌내고 무사히 졸업했습니다. 졸업식에서 학사모를 쓴 엄마의 모습을 보았을 때 부러운 것 없이 마냥 행복했습니다.

졸업 후, 본격적으로 경제활동을 하면서도 꿈과 희망을 놓지 않았습니다. 하나씩 해내고 싶은 일을 이루어낼 때, 그 성취감은 말로 표현할 수 없을 만큼 보람되었습니다. 소망을 이루어 갈 때마다 저는 조금씩 성장했습니다. 단번에 이루어내지 못하더라도 '계속하면 된다.'라는 마음으로 끝까지 해냈지요. 포기하지만 않는다면 결국 해낼 수 있다는 자신감을 얻었습니다.

성장이라는 단어는 거창합니다. 저에게 성장이란, 하고 싶은 일을 하는 것입니다. 힘겹게 자란 과정에서 배우지 못하고 이루지 못한 것이 한으로 남아 마음이 무거웠습니다. 그 마음을 해소하고 싶어서 늦게라도 도전한 것입니다. 한 번뿐인 소중한 저의 인생에서 '하고 싶었던 일을 못했다.'라는 후회를 남기고 싶지 않았습니다.

첫 직장인 버스회사 입금사원으로 시작해서 실내장식회사의 부장이 되기까지의 시간은 20년입니다. 그 시간은 저에게 큰 의미가 되었습니다. 사람들과 어울리고 부대끼며 '사람답게 사는 것'을 배웠습니다. 힘든 과거는 추억이 되었고, 지금은 그 추억으로 살아갑니다. 회사생활을 하면서, 개인적으로는 한 가정의 딸로, 아내로, 엄마로 성장하며 살고 있습니다.

살다 보면 아픔이 오고 절망하기도 하지만, 그때마다 다시 설 수 있는 용기와 희망이 있기에 포기하지 않았습니다. 찰리 채플린은 '인생은 멀리서 보면 희극, 가까이서 보면 비극'이라는 유명한 명언을 남겼지요. 세상에 태어났다면 모두 크고 작은 아픔을 느끼고 살기 마련입니다. 가까이 볼 수 없는 남의 인생이라 모르는 것뿐입니다. 세상에 사연 없는 사람 없고 모두의 삶이 그러하듯, 저의 지나온 삶도 한 편의 '인간극장'이라 생각했습니다.

과거의 아픈 이야기를 공유한다는 것은 사실 겁나는 일이었습니다. 하지만 저처럼 힘든 과거를 살았거나 혹은 사는 게 지친 사람들에게 다시 시작할 수 있다는 용기를 전하고 싶었습니다. 저로 인해 '작은 위로나 희망의 불씨가 일어난다면 좋겠다.' 기도하는 마음으로 글을 써봅니다.

블로그에 저의 이야기를 조금씩 올리면서 글쓰기가 시작되었습니다. 글을 쓰며 과거에 기억하고 싶지 않은 나쁜 경험이나 상처들이 조금씩 정리되고 생각이 바뀌는 경험을 했습니다. 이웃의 공감을 받고 블로그에 달리는 댓글은 저에게 따뜻한 위로가 돼주었습니다. 저의 힘든 이야기에 위로와 힘을 실어주는 사람들이 있었습니다. 막연하게 작가가 되고 싶었던 학생 때의 꿈이 되살아났습니다. 상처를 고백하듯 썼고, 공감과 위안을 받으며 용기를 얻었습니다. 글을 쓴다는 것이, 상처가 회복되는 일임을 알았습니다. 글로 마음의 회복과 행복을 찾고 싶었습니다.

지난날, 주체할 수 없는 감정에 빠져 아무것도 하지 못하고 무기력하게 살아온 시간이 짧지 않습니다. 무엇을 하려고 해도 할 수 없었던 때가 있었습니다. 암담했지만, 그 시간을 지나 보니 살아 있는 것 자체가 축복이고 감사한 일임을 깨달았습니다. 세상에 태어나 다양한 경험을 할 수 있다는 것이 기회이고, 어려운 시간이 있어 힘든 경험을 글로 표현할 수 있다는 것에도, 감사하게 되었습니다. 생각의 각도를 조금만 달리해도 불행이 행복이 되는 신기한 경험을 하고 있습니다.

가슴 아팠던 시절의 상처가 거짓말처럼 깨끗이 아물었다고 장담할 수는 없습니다. 언제든 아픔은 다시 올라오고 힘들어하겠지만 다시 괜찮아지리라는 것을, 경험을 통해 알고 있습니다. 당신 또한, 그렇게 될 거라 확신합니다. 저는 마음을 열고 제 이야기를 읽어줄 당신을 위해 한 글자

한 글자 용기 내어 글을 써 봅니다. 당신이 이 책을 읽고 한 줄이라도 의미 있게 받아들여준다면 저는 그것으로 만족할 것입니다.

힘들었던 시간이 있어 제 마음은 단단해졌습니다. 힘들수록 남들 앞에 더 당당해지려 했습니다. 직장생활을 하면서 업무로 인정받는 자신이 자랑스러웠고, 인정받는 것이 좋아서 더 노력했고, 실력이 향상되었습니다. 부족한 마음가짐을 단단히 하기 위해 틈틈이 독서를 했습니다. 꿈을 위해 듣지 않던 강의도 찾아 들었습니다. 그리고 이렇게 글을 쓰는 기회를 얻었습니다.

인생을 살면서 자신의 이야기를 글로 남기는 것은 참으로 멋진 일입니다. 윤창영의 『지구에 산 기념으로 책 한 권은 남기자』 책을 보고 저도 '나만의 이야기'를 써보고 싶다고 생각했지요. 중학교 때 친구와 옥상에서 나누었던 작가의 꿈을 이제야 펼쳐봅니다. 가슴이 뜁니다. 저의 이야기가 당신의 어디엔가 조금이나마 닿기를 간절히 소망해봅니다.

살아 있는 한 희망은 있다.

- 키케로

한 줄기 희망일지라도 끈을 놓지 않고 나아간다면, 삶은 우리에게 꼭 보답해줄 거라 확신합니다.

살다 보면 살아진다

제1장

상처는 누구에게나 있다

초등학교 입학 전에 알게 되었습니다. 아빠는 소 씨, 엄마는 임 씨, 나는 이 씨. 주변 친구들이 먼저 말을 꺼냈습니다.

"야, 너 고아라며? 우리 엄마가 그러던데?"

이상하다고 생각했지만, 알고 싶지 않았습니다. 그럴 때마다 엄마에게 얘기했지만, 당장 그 친구를 혼내주겠다며 말만 할 뿐 정말 혼내주지는 않았습니다. 사실상 저를 빼고 이미 온 동네가 알고 있던 사실이었습니다.

저는 엄마와 44년의 나이 차이로 엄마는 6·25전쟁과 일제 강점기를 겪었습니다. 엄마는 동네 몇몇 아주머니에게 당신의 고달프고 외로웠던 삶의 이야기를 나누었습니다. 이제는 업둥이인 저를 키우는 재미로라도 산다고 얘기한 것이 시장통의 아주머니들에게 소문이 난 것입니다. 이야기는 온 동네로 퍼져나갔고 저는 자연스럽게 '업둥이'의 뜻도 모른 채, 버림받은 아이라는 사실을 받아들여야만 했습니다.

저는 유진 부동산 소 씨 할아버지를 아빠라 부르며 자랐습니다. 1912년생으로 저와의 나이 차이는 65년이나 났습니다. 사람들은 모두 할아버지라고 불렀고 저와 아빠는 동거인 사이였습니다.

아빠는 동네에서 소문이 자자한 구두쇠였지요. 당시 엄마는 두 번의 결혼에 실패하고 먹고살기 위해 21살 차이가 나는 할아버지의 '식모'로 들어왔습니다.

제가 3살 때, 47살인 엄마를 처음 만났습니다. 68살의 아빠는 저를 아주 못마땅하게 생각했습니다. 엄마는 저를 키우지 못하게 하면 일을 그만두겠다고 했고, 아빠는 엄마를 잡아두기 위해 어쩔 수 없이 허락했습니다. 우리는 한 집에 살았지만, 가족이 아니었습니다. 아빠에게는 그저 먹여 살려야 하는 객식구가 한 명 더 늘어난 것뿐이었습니다. 그래도 저는 아빠의 정을 그리워했고, 그런 제가 싫었던 아빠는 사랑을 주지 않았습니다. 아이는 그런 상황 속에서 눈치를 보며 자랐습니다.

"너는 아기 때도 밥 한 톨 흘리지 않고 깨끗하게 먹었는데, 우리 손녀 딸은 왜 그럴까?"

어릴 적 기억들은 선명하지 않습니다. 유아 때는 당연히 밥을 흘려야 정상일 것 같은데, 저는 왜 그랬을까요?

식사 시간, 아빠는 내가 밥을 조금이라도 흘리면, 쌀 한 톨이 어떻게 생겨나는지, 농부의 수고가 얼마나 힘든지에 대해 연설을 시작했습니다. 밥상머리 교육을 귀에 박히도록 들었습니다. 식사 시간마다 혼나지 않기 위해, 밥 한 톨도 남김없이 흘리지 않고 깨끗이 먹어야만 했습니다.

환경이 바뀐 저는 밤이 되면 졸면서도 자지 않고 울기만 했답니다. 아빠는 우는 버릇을 고쳐야 한다며 캄캄한 마당에 저를 내버려두고, 문을 닫아버렸습니다. 아빠 말로 '본때를 보여준' 그 후부터 저의 잠투정은 사라졌다고 합니다. 흐리멍덩한 기억 속에 캄캄한 마당에서 뒹굴며 울던 아이가 보입니다. 그래서인지 저는 어둠이 무섭습니다.

그때는 아빠가 저를 왜 그리도 미워하는지 이해되지 않았습니다. 죽일 듯 노려보는 노여운 눈빛, 짜증 섞인 말투, 이를 갈며 말하는 듯한 온갖 욕설들. 그래서 저도 점점 아빠가 싫었습니다. 어린 마음에 아빠라고 부르며 의지하는데 매번 받아주지 않으니 점점 더 미워하게 됐습니다. 끝없는 저주를 받는 기분이었습니다. 사랑은커녕 하루라도 욕을 먹지 않는 날이 없었습니다. 그렇게 아빠와 저는 멀어져 갔습니다.

저의 중학교 입학을 두고 아빠는 집안일이나 시키지 왜 학교를 보내냐며 엄마와 일주일 이상 싸웠습니다. 죽어야겠다고 생각했습니다. 죽음을 생각해본 적은 그때가 처음이었으며 그때부터 오랫동안 '죽음'에 사로잡혔습니다. 엄마가 왜 저런 사람과 사는지 도무지 이해되지 않았습니다. 그곳은 지옥이었습니다. 구두쇠인 아빠가 반찬값과 엄마의 급여를 주지 않는 문제로 싸움은 늘 지속되었습니다. 다투는 이유 중 절반 이상은 돈 문제였습니다.

엄마 아빠라고 부르며 살았지만 지금 돌이켜보면 아이를 데려와 키울 만한 환경은 절대 아니었습니다. 일반적인 가정도 아니었고, 나이도 많았으며, 경제적인 능력도 없었습니다.

식모살이가 힘겨웠던 엄마 역시 저를 살뜰하게 챙기지는 못했습니다. 없는 살림살이에 저를 학교에 보내야 하니 돈을 벌어야 했고요. 아빠의 눈을 피해 남의 집 파출부 아르바이트를 틈틈이 했습니다. 붕어빵 봉투 접기와 지우개 포장, 귀걸이 조립 등 늘 부업을 달고 살았습니다. 아빠는 저에게 들어가는 모든 돈을 절대 지원해 주지 않았습니다. 초등학교부터 중학교, 고등학교 때까지 저에게 들어가는 비용은 모두 엄마 혼자서 부담했습니다. 저는 아빠에게 철저히 남이었습니다. 그래도 밥 먹여주고 잠을 재워주었으니 감사합니다만, 그것을 제외하고는 서로 의미 없는 사이였습니다.

초등학교 음악 시간에 〈즐거운 나의 집〉 동요를 부르는데 나도 모르게 눈물이 줄줄 흘러나왔습니다. 조금이라도 슬픈 노래를 들으면 자동으로 눈물 버튼이 눌렸습니다. 사랑과 관심을 받고 싶었으나, 현실이 너무 가혹했습니다. 친구들과 비교하며 '나는 왜 이렇게 살고 있나?' 비관하며 실망하고 절망했습니다. 저도 모르는 사이, 심각한 마음의 상처를 입었습니다.

엄마와 아빠가 서로 욕하고, 싸우고, 맞는 모습을 보며 자랐습니다. 가정 폭력에 노출되다 보니 마음에 큰 병이 들었습니다. 이 세상 어디에도 내 편은 없다고 생각했지요. 어른이라는 존재는 늘 부정적인 대상이었고 그래서 어른이 되기 싫었습니다. 마음속으로 매일 엄마를 괴롭히는 아빠가 죽었으면 좋겠다고 생각했습니다. 지옥에나 떨어지라며 증오하고 원망했습니다. 저는 사춘기가 오면서 더욱 아빠를 투명 인간 취급하고 무시했습니다. 아빠가 엄마와 저에게 저질렀던 모든 잘못된 행동에 대해 오래도록 천천히 복수하고 싶었습니다. 그땐 몰랐습니다. 그렇게 오래도록 고대했던 일들이 마음속의 짐으로 고스란히 남게 될 것이라고, 상상하지 못했습니다.

부모는 아이에게 온 세상입니다. 그 시절의 저를 떠올리며 '내 아이에게만큼은 사랑으로 대해야지.' 결심합니다. 누구에게나 상처는 있습니다. 어쩔 수 없이 상처받았다면, 그 상처는 꼭 치유되어야만 합니다. 상처가 곪아 터지기 전에 치료하거나 사랑으로 감싸야 합니다. 상처는 사랑으로 치유해야만 덧나지 않습니다. 누구에게도 받을 수 없는 사랑이라면, 스스로라도 온전히 사랑해서 자신을 보호해야 한다고 생각합니다.

세상은 비록 고통으로 가득하더라도,
그것을 극복하는 힘도 가득하다.

- 헬렌 켈러

지난 일은 추억이 된다

강북으로 한남대교를 건너다보면 왼쪽 산꼭대기에 한광 교회가 있습니다. 그곳은 제가 25년을 넘게 살아온 마음의 고향, 달동네 도깨비시장입니다. 시장에서 30m 정도 떨어져 있는 우리 집은 시장판과 매한가지로 시끄러웠습니다. 늘 싸움과 다툼이 잦았던 집이라 사람들에게 유명했지요. 집에서 엄마와 아빠가 싸우면 시장 사람들이 와서 말리기도 했습니다. 평소 괴팍한 아빠의 성격을 동네 사람들이 이미 알고 있을뿐더러 워낙 시끄러워 모를 수가 없었기 때문입니다.

동네 친구들은 한두 명을 빼고는 처지가 비슷했습니다. 우리의 가정은 먹고사는 게 힘들 만큼 살림이 빠듯했습니다. 바나나 한 꾸러미를 선물 받았다며 잔뜩 약 올리던 정희가 떠오릅니다. 지금은 흔하디흔한 바나나 지만 1980년대에는 해외 과일이 비싸고 귀했습니다. 친구가 놀리며 바나나를 혼자 다 먹어버리는 모습을 차마 볼 수 없어 눈을 감았습니다. 한 입만 주지! 치사했습니다. 저만 못 먹는 건 아니었습니다만, 그 장면은 지금까지 선명하게 기억납니다. 요즘도 정희를 만나면 바나나가 그렇게 맛있냐며 묻곤 합니다. 그럴 때마다 아직도 그 얘기냐며 어쩔 줄 몰라 하는 친구 얼굴이 재미있습니다.

　하나의 방에서 여러 가족이 다 같이 생활하는 것은 당연한 일이었습니다. 그 시대에는 몇몇 집을 빼고는 그럴 때긴 했지만 우리 집도 마찬가지였습니다. 다닥다닥 붙어 있는 산동네 주택가는 굳이 들어가보지 않아도 살림살이를 가늠할 수 있었습니다. 당시 동네 사람들은 문을 거의 열어두고 지냈고 친구네 집들도 마찬가지였습니다. 그래서 '나만 가난한 건 아니구나.' 생각하며 안심하기도 했습니다. 동네 친구들과 똘똘 뭉쳐서 지냈습니다. 돌봐줄 어른이 없어서 아침부터 저녁까지 고무줄놀이와 얼음 땡, 딱지치기, 구슬 놀이 등으로 하루를 보냈습니다. 우리는 서로 비슷했고 우리의 환경을 자연스럽게 받아들였습니다.

　인영이 아빠는 환경미화원이었습니다. 철없던 아이들은 잘 놀다가도

한 번씩 '쓰레기 장사 딸'이라며 친구의 마음을 아프게 했습니다. 비슷한 환경 속에 살면서 친구를 놀리고 상처를 주었습니다. 철이 없었습니다. 친구 엄마는 손의 화상 때문에 장애가 있어 경제적 활동을 돕지 못했습니다. 오빠와 친구, 그리고 여동생까지 다섯 식구의 생계를 책임지는 가장이 어떤 힘든 일인들 거부할 수 있었을까요? 직업에는 귀천이 없습니다. 일을 하는 것에 천하고 귀한 것이 어디 있겠습니까? 어린이였던 우리는 감히 가장의 어깨 위 무게를 알 수 없었습니다. 친구가 큰 상처를 받을 수 있다는 생각까지는 하지 못한 아이들이었지요.

주말이나 방학이 되면 10m 거리의 있는 경화네 집에서 살다시피 했습니다. 경화네 집은 세탁소를 운영했습니다. 친구의 엄마는 세탁소 앞에서 옥수수와 쥐포, 번데기 등을 팔았습니다. 팔리는 것보다, 저와 친구가 먹은 것이 많았습니다. 우리 부모님과 다르게 경화 부모님은 젊었고 친절했습니다. 특히 아빠는 친구들이 있어도 개의치 않고 "우리 딸 사랑한다." 말하며 자주 포옹하고 뽀뽀했습니다. 그럴 때마다 너무도 부러웠습니다. 경화는 부모님의 사랑만큼이나 옷과 장난감, 책 등 가지고 있는 것들이 많아 친구들 사이에서도 부러움의 대상이 되었습니다. 예쁜 외모도 한몫했고요. 초등학교 하굣길에 남자아이들이 따라오면 저는 옆에서 악역을 도맡았습니다. 따라오지 말라며 난리 치는 '예쁜 애 옆에 못생긴 애'는 늘 저였습니다. 모두에게 주목받고 사랑받는 친구가 부러웠습니다.

저 역시 그런 예쁜 친구가 좋았습니다. 우리는 늘 단짝처럼 붙어 다녔습니다.

은하네 집은 방앗간이었습니다. 건물주는 은하네 집이 유일했습니다. 1층은 방앗간이고 2층으로 올라가면 개인 방이 있었지요. 2층으로 올라가는 계단은 동화에 나올 법한 동그랗게 구부러진 나선형 계단이었습니다. 층계에 올라서면 성을 오르는 공주가 된 것 같았습니다. 친구 중에 혼자서 방을 쓰는 아이는 은하가 유일했습니다. 그 집의 현대식 화장실을 보고 놀라기도 부럽기도 했습니다. 은하는 동네에서 제일 부잣집 딸이었지요. 어린 나이에도 잘사는 친구를 보니 상대적으로 속상했습니다. 이상하리만큼 점점 멀어졌습니다.

친구들의 엄마처럼 우리 엄마도 늘 부업을 했습니다. 붕어빵 봉지 풀칠하기, 지우개 포장하기, 귀걸이 만들어 포장하기 등등 나중엔 같이 성당을 다니던 진주 언니네 집에서 파출부까지 했습니다. 지금은 고된 엄마 편에서 생각할 수 있는 나이가 되었지만, 그때는 너무 창피해서 쥐구멍에라도 숨고 싶었습니다. 성당에서 친했던 언니를 마주치면 피해 도망 다녔고 결국엔 서먹한 사이가 되었습니다. 다른 친구들에게 소문이 날까 전전긍긍했습니다. 그렇게까지 해서 돈을 벌어야 하나 자존심이 상했고 그런 처지를 비관했습니다.

정육점을 하던 수완이네 엄마는 단연코 동네 제일의 멋쟁이였습니다.

눈두덩에 분홍색을 칠하고 입술엔 빨간색 립스틱을 발랐습니다. 몸에는 금귀걸이, 금목걸이와 금팔찌가 세트로 번쩍번쩍 빛이 났지요. 성격 또한 호탕해서 늘 고음의 웃음소리가 끊이지 않았습니다. 엄마는 수완이네 정육점에서 가끔 고기를 사 오며 수완이 엄마와 친하게 지냈는데, 자주 돼지비계를 공짜로 얻어오곤 했습니다. 채소가게 아주머니에게 겉절이와 시래기도 구해 와서 찌개나 국을 해 먹었던 기억이 납니다. 엄마는 저에게 다니면서 "인사를 잘해라. 수완이와 친하게 지내라." 했지요. 수완이는 나보다 두 살이나 어린 남자아이였습니다.

하루는 채소가게 아주머니와 엄마가 시장에서 크게 싸웠습니다. 엄마는 종종 배추를 통으로 사지 않고 이파리 몇 개만 싼 가격에 샀습니다. 그날따라 장사가 안된 아주머니가 거절하자 속상해서 언성이 높아진 듯했습니다. 채소 아주머니의 선행이 당연한 건 아니지만, 팍팍한 살림의 엄마가 믿을 구석이 없어 서러웠나 봅니다. "안 팔려면 좋게 말하면 되지. 왜 화를 내?" 엄마의 말이 기억납니다. 작은 일이 생겨도 소문 많고 말이 많던 시장에서 엄마는 한동안 그 일로 조용히 지내야만 했습니다.

문득 어릴 때 자라던 곳이 그립습니다. 얼마 전 예전 생각에 친구들과 살던 동네에 찾아가봤습니다. 동네 구석구석을 다니며 살았던 집과 친구집에 가보았지요. 기억 속의 넓은 골목과 큰 건물들은 비좁고 작아져 있었습니다. 지금은 재개발 때문에, 모두 어디론가 떠나버려 빈집이 많습니다. 시장엔 장사하는 사람 하나 없고 적막하고 어둡기까지 합니다. 하지만 제 마음속 도깨비시장은 언제나 북적거리고 떠들썩한 곳으로 남아 있을 겁니다. 어릴 적 도깨비시장에서의 슬픈 일도 기쁜 일도 시간이 지나니 모두 추억이 되었습니다.

　부족할 것 없이 부유하게 성장했으면 좋았겠지만, 제가 선택할 수 있는 문제는 아니었습니다. 구정물에 빠져 있어도 황금의 가치가 변하지 않는 것처럼, '나'라는 가치를 주변 환경이나 조건으로만 평가하지 마세요. 어쩌면 우리가 그때 그곳에 있었기에, 현재의 이 자리에 있는 건지 모릅니다. 빛나는 존재가 되기 위한 과정이라 생각한다면 무엇이라도 이겨낼 수 있을 거라 생각합니다.

우리는 우리가
마음먹은 대로 될 수 있다.

- 조지 러셀

가슴으로 낳은 아이

어릴 적 친구들은 우리 엄마를 할머니라고 놀렸습니다. 하지만 엄마가 저를 사랑한다는 사실을 알았기에 개의치 않았습니다. 시장의 아주머니들로 인해 '업둥이'라고 소문이 났을 때, 엄마는 저를 얼마나 사랑하는지, 낳은 정보다 키운 정이 얼마나 더 깊은 것인지에 대해서 자주 이야기하곤 했습니다. 누구보다 저에게 헌신했고 희생하는 모습을 봐왔기에 그 사랑을 믿어 의심치 않았습니다.

고등학생이 되어서야, 저의 과거를 알게 되었습니다. 엄마를 만나기 전, 의사 집안으로 입양이 되었었는데 양엄마가 저를 못마땅하게 생각했다 합니다. 그래서, 양부모가 아닌 그 집 할머니가 2년 동안 키워오다, 아들 부부의 이혼 위기에 저를 포기했다 했습니다. 그 후 입양처를 찾는 과정에 엄마에게 보내졌고, 갈 곳 없는 아이가 가여워 엄마는 함께 살자 결심했다 합니다. 엄마도 전해 들은 이야기라 상세히 알지는 못했습니다. 상황을 인지할 수 없는 아이 때부터 업둥이, 고아라는 단어를 들어서 그런지 생각보다 충격적이지는 않았고 아무일 아닌 듯 자연스럽게 넘겼습니다. 제가 어떤 마음을 갖더라도 변할 수 없는 현실이었습니다. 괜찮다고 생각했지만, 마음속 상처는 쌓여가고 있다는 것을 몰랐습니다.

사춘기가 되면서 저를 위해 희생하는 엄마와 더 가까워졌습니다. 엄마나 주변 사람들의 말처럼 '엄마 아니었으면 죽은 목숨'이었을 수 있었습니다. 어려운 형편에도 저를 포기하지 않고 힘들게 키워준 것이 고맙고도 미안했습니다. 나 때문에 부업하고, 파출부를 하며, 힘든 일을 마다하지 않는 엄마에게 꼭 보상하고 싶었습니다. 빨리 커서 경제적 도움을 주는 든든한 딸이 되고 싶었습니다. 저는 잘 때 엄마와 살이 닿아야만 잠들 수 있었는데, 그때부터 이미 불안증이 시작되지 않았나 생각됩니다. 엄마가 저를 떠나가거나, 나이가 들어 빨리 돌아가시면 어쩌나 걱정하며 일어나지도 않을 걱정들로 혼자서는 잠들지 못했습니다.

스무 살 초반, 두 번째 직장인 치과 병원에 입사할 무렵. 재미로 친구와 동네 점집에 갔었습니다. 그 점쟁이는 '속리산 꽃도령'이라는 이름이었는데, 엄마가 곧 돌아가실 거라는 청천벽력 같은 말을 했습니다. 그러면서 당시 30만 원 하는 큰돈으로 부적을 쓰라고 했지요. 돈이 없었습니다. 점쟁이 말을 진심으로 받아들인 저는 충격을 받았습니다. 하늘이 무너지고 땅이 꺼진다는 말이 어떤 건지 실감했습니다. 당장이라도 엄마가 제 곁에서 사라질 것 같았고, 불안한 생각이 끝없이 올라왔습니다. 얼마 후, 직장에서 회식을 했고 취하게 되었습니다. 술 취한 저를 회사 동료들이 차로 데려다주었는데, 제가 갑자기 급하게 내려달라 하더니 점집으로 달려갔다 합니다. 자정이 넘은 시간, 점집의 문을 두드리며 '엄마를 살려 달라'며 울고불고 난리를 쳤다고 합니다. 다음 날 저는 몸져누웠고, 나중에 출근했을 때 '기억에 없는 그날 이야기'를 전해 들었습니다. 충격적이었습니다! 소란스러운 소리에 나온 점쟁이는 문을 열어주었고, 저는 점쟁이의 바짓가랑이를 잡고 통곡했다고 합니다. 엄마를 살려달라는 저에게 '내가 알아서 잘해주겠다.'라는 약속을 받아내고서야 집에 돌아갔다 합니다. 그 일로 저는 회사에서 회식할 때 조심할 사람으로 찍혔습니다. 저 또한 이후로 기억나지 않을 만큼 술을 마시지는 않았습니다.

점쟁이한테 그 난리를 쳐서일까요? 엄마는 현재 아흔한 살로 나이에 비해 누구보다 정정하게 잘 지내고 있습니다. 알아서 잘해주겠다는 꽃도령이 엄마를 위해 기도해준 걸까요? 부적을 쓴 걸까요? 점쟁이 덕분에 엄마가 정정한 거라면 정말로 고마운 일입니다만, 그 사람도 저로 인해 큰 경험을 했을 걸로 생각됩니다. 아직 어린 사람에게는 상처받을 만한 말을 하면 안 되는구나! 공부하는 기회가 됐을 수도 있겠습니다.

　엄마는 주로 말보다 행동으로 보여주었습니다. 상업고등학교 2학년. 취업을 위해 호적등본을 학교에 제출해야 했습니다. 주민등록등본은 발급됐지만, 호적등본은 뗄 수가 없었지요. 서류에 대해 잘 알지 못했던 우리는 당황했습니다. 주민 센터에 문의하니 처음 입양된 병원 집에서 파양되며 호적이 말소되었다고 했습니다. 호적을 만들려면 변호사를 선임해서 재판해야만 다시 복원할 수 있다고 했지요. 할 수 없이 엄마는 어려운 살림에 빚을 내어 변호사를 선임했습니다. 그렇게 하지 않으면, 저는 법적으로 존재하지 않는 사람이 된다고 했습니다. 지금껏 세상에 없는 사람으로 살아왔다고 생각하니 분노가 일었습니다. 어렵사리 재판하고 난 후, 저는 엄마의 호적에 올라가게 되었고, 이 씨에서 임 씨로 새로운 삶을 살게 되었습니다. 엄마의 성씨가 마음에 쏙 들었습니다. 지금껏 부모님과 성씨가 달라서 어딜 가나 뒷말이 많았는데, 그 상처가 단번에 씻겨 내려간 것 같은 후련함이 느껴졌습니다. 저는 임 씨로 바뀌면서 앞으로 더 잘 살 것 같은 힘이 났습니다.

　경제적으로 힘든 엄마에게 조금이나마 도움을 주고 싶었습니다. 방학 때 동네 햄버거 가게에서 아르바이트를 했습니다. 하루 다섯 시간, 한 달 삼십만 원 남짓의 적은 돈이었지만 받은 봉투 그대로 엄마에게 드렸습니다. 실제로 돈을 벌어보니, 남의 돈을 버는 일이 얼마나 고된지 알게 되었습니다. 이후, 방학이 되면 마냥 놀 수 없다는 생각에 벼룩시장이나 구인 사이트를 찾아, 아르바이트를 했습니다. 삼성역 코엑스에 있는 레스토랑에서 두 달간 설거지하기도 했습니다. 몸으로 하는 일이 힘든 건 당연했지만 잡념이 생기지 않아 좋았습니다. 큰돈은 아니지만 그렇게라도 엄마에게 도움이 될 수 있어 기뻤습니다.

직장생활을 하며 야간대학에 다녔습니다. 자정 이전에 집에 도착하면 엄마는 잠을 자지 않고 저를 기다리고 있었습니다. 늦은 시간이라도 꼭 식사를 챙기며 몇 시가 되었던 밥상을 차려주었지요. 늦은 시간에 밥 먹는 것도 싫고, 자지 않고 기다리는 엄마가 부담스럽기도 했습니다. 고생하는 딸에게 밥이라도 챙겨주고 싶은 엄마의 마음을, 자식을 낳아 보니 이제야 알 것 같습니다. 자식은 '아무리 나이를 먹어도 부모에게는 걱정거리'라는 말이 왜 나왔는지 이해됩니다. 엄마가 했던 잔소리와 일어나지도 않은 일에 대한 걱정거리는 엄마의 불안감 이었음을 깊이 공감하게 되었습니다.

결혼하고도 엄마와 같이 삽니다. 사람들은 엄마를 모시고 산다지만, 저는 아직도 엄마에게 보호받고 있다고 생각합니다. 엄마는 워킹맘으로 바쁘게 사는 저의 빈자리를 꼼꼼히 채워주었습니다. 밥이며, 살림이며, 빨래, 청소 등 모두 해결하고 손녀딸도 키워주었습니다. 덕분에 다른 엄마들 보다는 편하게 경제활동을 할 수 있었습니다. 저는 직장에 다니고 돈은 벌어도 살림이나 가족을 챙기는 일에는 부족한 편입니다. 엄마가 아니었다면 이렇게 잘 살아낼 수 있었을까? 자주 생각합니다. 3살 때 만나 44년 동안, 엄마라는 나무 그늘에서 평안하게 지내고 있습니다.

세상에 당연한 일은 아무것도 없습니다. 생활 속에서 당연하다 여겼던 엄마의 모습은 엄청난 사랑이었습니다, 엄마가 된 지금에서야 조금씩 헤아려보게 됩니다.

엄마. 저를 가슴으로 낳아주어 고맙습니다! 사랑합니다!

우리가 부모가 됐을 때 비로소 부모가 베푸는
사랑의 고마움이 어떤 것인지 절실히 깨달을 수 있다.

- 헨리워드 비처

나를 짓누르는 트라우마

언제라도 다시 버려질 수 있다는 불안감과 일어나지도 않은 걱정들로 고민이 많았습니다. 가난과 폭력에 시달리는 엄마가 언제라도 도망갈 것 같았고, 아빠가 엄마를 때리면 불안이 극도로 높아져 공포로 바뀌었습니다.

정신이 몸을 지배한다는 말을 믿진 않았었는데, 불안한 삶을 살다 보니 몸도 약해졌습니다. 중학교 2학년 때, 자고 일어났더니 얼굴의 느낌이 이상했고 몸이 무겁게 느껴졌습니다. 말을 하는데 발음이 잘되지 않았고 물을 마셔도 한쪽으로 흘러내렸습니다. 입안에는 남은 공간 하나 없이 혓바늘이 매섭게 돋았습니다. 동네 의원에 갔는데 무슨 병인지 의사조차 알지 못했습니다. 이비인후과에서 항생제 및 여러 가지 약을 받아 먹었지만 호전되지 않았습니다. 한의원에 가보니 '안면마비'라는 말만 했습니다. 삐뚤어진 얼굴을 돌아오게 하려면 침을 맞아야 한다기에 두 달 동안 매일 침을 맞았지만, 나아질 기미는 보이지 않았습니다. 저에게 왜 이런 일들이 일어나는지 알 수 없었습니다. 대학 병원에 가볼 수도 있었겠지만, 경제적으로 어려워 엄두조차 내지 못했습니다. 죽고 싶다 생각했지만, 그럴수록 활기차고 쾌활하게 행동했습니다. 무슨 자존심인지 친구들에게만큼은 아픈 내색을 하지 않았습니다. 하지만 아픈 기간이 늘어나고 병원에만 다니다 보니 우울감이 상당했습니다. 외모 때문이기도 하지만 말을 하면 삐뚤어지는 입 모양과 찌그러지는 한쪽 얼굴로 인해 점점 더 사람들을 피하게 되었습니다.

그런 모습을 보이고 싶지 않아서 친구들과도 조금 거리를 두었습니다. 평소 힘이 되는 친구들까지 멀리하게 되니, 부정적인 생각이 들끓었습니다. '나에게는 왜 이런 불행한 일들만 일어나는 것일까.' 절망했습니다. 매일 밤, 내 팔자는 왜 이 모양인지 한탄하며 시간을 보냈습니다. 울고 또 우는데도 어디서 계속 눈물이 나오는 건지 알 수 없었지요. 잠이 들면서 고통 없이 이대로 자다가 죽었으면 좋겠다고 생각했습니다. 어떻게 죽어야 고통 없이 잘 죽을 수 있을까 여러 가지 생각을 해보았지만, 겁

많은 저는 아무것도 실행할 수 없었습니다. 몇 달간 지옥 같은 시간을 보냈습니다.

　죽음을 체감한 것은 중학교 1학년 때가 처음이었습니다. 중학생이 되면서 새로운 동네 친구 숙자를 알게 되었습니다. 만화에 나오는 영심이를 닮았고 늘 밝게 웃는 아이였습니다. 단발머리에 입이 크고 가지런한 치아를 드러내며 웃는 모습이 귀여웠습니다. 공부를 잘해서 같이 숙제도 하고, 모르는 문제도 물어보면 잘 알려주었습니다. 친구와 여행한다며 동네 구석구석을 걸어 다녔습니다. 숙자의 아버지는 아프셔서 방에만 누워있었고 엄마는 일하러 나가셨습니다. 나이 많은 오빠가 있었는데 지적장애가 있어서 친구가 오빠를 챙겨주었습니다. 일하는 엄마를 도와 아빠의 식사 준비와 집안일을 했습니다. 돌이켜보면 힘든 상황에서도 내색하지 않고 씩씩하고 활발하게 지냈던 기특한 아이였지요. 그런 친구가 하루아침에 행방불명이 되었습니다.

　숙자네 엄마가 찾아와 친구를 찾을 때까지만 해도, 저는 대수롭지 않게 생각했습니다. 당연히 곧 나타날 거로 믿었습니다. 며칠이 지나도 숙자는 돌아오지 않았습니다. 얼마 후 그 일로 학교에 형사 두 명이 찾아왔습니다. 형사라니, 뭔가 큰일 났다 싶었습니다.

　뉴스에서 친구의 사망 소식을 들었습니다. 보도된 이야기로는 친구 엄마가 남동생에게 500만 원을 빌려주었는데, 형편이 어려워져 돈을 갚으라고 하자 삼촌이 벌인 끔찍한 사건이었습니다. 뉴스와 신문에는 삼촌이 조카를 암매장했다는 보도가 대대적으로 크게 났습니다. 상상하지도 못할 충격적이고 끔찍한 일이었습니다. 같이 학교 다니고 숙제하고, 놀고, 일상을 함께했던 친구가 죽었다고 했습니다. 믿어지지 않고, 믿고 싶지도 않은, 상상할 수도 없는 일이 일어났습니다.

애써 지우려고 하지 않아도 너무 충격적이라 자연스럽게 잊으려 했던 것 같습니다. 이상하게 아픈 시기에 숙자 생각이 많이 났습니다. 친구를 생각하면서 처음으로 삶과 죽음은 무엇인지 깊이 생각하게 되었습니다. 죽고 싶다고 생각하다가도 억울하게 하늘로 간 친구를 생각하면 그럴 수 없었습니다. 아마도 숙자는 살고 싶었을 겁니다. '너의 몫까지 잘 살아내리라.' 오기가 생기기도 했습니다. 아주 큰 사건이었음에도 친구들은 약속이라도 한 듯, 그 일을 절대 입 밖으로 꺼내지 않았습니다. 그만큼 우리 모두에게 큰 상처가 된 일임은 분명합니다. 사람은 누구나 죽게 되니 저 역시 언젠간 죽을 겁니다. 어차피 죽을 인생 빨리 죽을 필요가 있나 생각하기도 했습니다.

저는 원래 나서기 좋아하는 성격이었는데, 아프면서 조금 조용하게 바뀌었습니다. 학교에 어떻게 다녔는지, 무슨 생각을 하면서 지냈는지, 기억이 잘 나지 않습니다. 그냥 밥 먹고 학교에 가고 해야 할 일만 충실히 하고 지낸 것 같습니다. 일정에 맞추어 기계처럼 살았습니다. 몸이 아프니 만사가 귀찮고 공부고 뭐고 생각할 여유 없이, 살아지는 대로 꾸역꾸역 살아냈습니다.

"없는 집에서 어렵게 키워놨으니, 집안에 보탬이 되어야 한다."

어릴 적부터 아빠에게 귀에 딱지가 앉을 정도로 들었던 이야기입니다. 집안에 경제적인 보탬이 되려고 상업고등학교에 진학했습니다. 그래도 혼자가 아닌 중학교 동창 3명과 같은 학교를 배정받아 크게 외롭지는 않았습니다. 아침에 엄마에게 받은 회수권 2장과 용돈 500원이 전 재산이었습니다. 500원은 밤 9시까지 학교에서 야간 학습을 하기에, 저녁 식사로 컵라면을 살 돈이었습니다. 당시는 환승이나 교통카드가 없던 시절이었습니다. 지금은 세상이 좋아져 버스를 무료로 환승하고 심지어 버스가 언제 오가는지 시간까지 알려주는 시대가 되었네요.

한남동에서 송파에 있는 학교까지 가는 버스는 33번 딱 한 대였습니다. 버스 한 대를 놓치고 나면, 무작정 올 때까지 기다려야만 했습니다. 친구들은 늦었다며 버스를 갈아타고 갔지만, 저는 형편이 어려워 그러지 못했습니다. 기다림, 지치고 힘들어도 악으로 버티며 억지로 학교에 오갔습니다. 언제 올지 모르는 버스를 넋 놓고 기다렸습니다. 한 시간, 두 시간이 지나도 오지 않는 버스 때문에 눈물과 오기만 늘었습니다. 그 시간은 저에게 너무도 괴롭고 긴 고통이었습니다. 어떤 날은 간발의 차이로 지나가는 버스를 놓치고 한 시간 반을 기다리며 약이 올라, 얼마나 울었는지 모릅니다. 당시 회수권 한 장은 180원이었습니다. 그 180원의 힘이 얼마나 대단했는지 '돈'이 무섭다고 느껴졌습니다. '나는 왜 이리 가난한 걸까?' 억울하기도 했습니다. 어떻게든 나중에 꼭 성공할 거다! 버스를 기다릴 때마다 '성공을 다짐하는 시간'이 되었습니다.

산동네 단칸방. 자다 몸이 간지러워 일어나보면 손가락만한 바퀴벌레들이 방에 서너 마리씩 기어 다녔습니다. 기절초풍하는 것을 넘어, 바퀴벌레가 징그럽고 무서워 눈물이 났습니다. 소름이 끼치고 머리가 쭈뼛쭈뼛 섰습니다. 어떤 날은 분노가 일어나 두꺼운 책을 날려 죽인 적도 있었습니다. 바퀴벌레를 잡지 못해 장롱 밑이나 천장 어디론가 사라져버리면 그날 밤에는 한숨도 자지 못했습니다. 세상에서 제일 싫은 게 뭐냐 물으면 당연히 '바퀴벌레'라고 말합니다. 장판 위로 기어 다니던 바퀴벌레의 움직임 소리에 신경이 곤두서던 그때가 제 인생 최악의 시간이었습니다. 바퀴벌레 트라우마는 자고 있던 저의 팔을 그놈들이 지나갔던 그 '좋지 않은 느낌'으로부터 시작되었습니다.

트라우마는 없어지는 게 아니라 옅어진다고 합니다. 사는 게 괴롭다고 느껴져 눈물이 날 때마다, 친구들이 같이 울어주고 위로해주었습니다. 괴로운 일상은 반복되었지만, 친구들은 항상 큰 힘이 되어주었습니다. 저의 아픔과 상처에 공감해주고 위안이 되었습니다. 온 세상이 내 편이 아니더라도 마음을 나눌 수 있는 단 한 사람이 있다면! 세상을 살아갈 큰 힘을 얻을 수 있습니다. 소중한 사람과 마음을 나누고 서로에게 의미 있는 존재가 되는 것은, 사람의 생명을 구하는 것 이상의 값진 일이라 생각합니다.

넘어지면 다시 넘어질 각오를 하고
일어서야 한다.

- 격언

부정적인 생각에 갇히다

키 작고 뚱뚱하고 못생겼다는 외모 콤플렉스가 있었습니다. 그래도 친구들 앞에서만큼은 까불고 활발한 아이였습니다. 관심받고 사랑받고 싶은 마음에 나서기 좋아했습니다. 친구들은 저를 귀여운 얼굴상이라고 말해주었습니다. 막상 말해보면 우울한 아이라 느껴질 수도 있는데, 저를 잘 모르는 사람들은 그런 사실을 알지 못했습니다. 하지만 안면마비가 오면서, 일상생활에 불편함이 가득했고 그로 인해 얼굴에도 그늘이 졌습니다. 몸이 아프니 만사가 귀찮고 더욱 부정적인 성격으로 변해갔습니다.

　말할 때마다 입과 얼굴이 찌그러져 표정을 제대로 지을 수 없었습니다. 보기 흉했습니다. 거울 속 얼굴을 볼수록 죽고 싶은 마음이 들었습니다. 말을 하거나 음식을 먹을 때 한쪽 눈에서 눈물이 멈추지 않았습니다. 또 눈꺼풀 신경이 느려져 잘 감기지 않아 눈을 뜨고 자는 일이 잦았습니다. 자고 일어나면 눈물이 말라서 각막이 찢어져 눈이 시렸습니다. 안과 선생님은 이런 상태로 오래 방치되면 실명이 될 수도 있다고 했습니다. 그때부터 인공눈물과 안약은 저에게 필수 약이 되었습니다.

　힘든 와중에도 주말마다 성당에 빠지지 않고, 착실히 다녔습니다. 그런 상황일수록 기도라도 해야 살 것 같았지요. 그러던 중 성가대 단장에 선출되었습니다. 사람 앞에 나서는 것이 자신 없어 조용히 지내고 싶었지만, 그럴 수 없었습니다. 몸이 아파서 못하겠다고 했지만 서로 안 하겠다고 하는 상황에 달리 방법이 없었습니다. 어쩔 수 없이 기존 회장의 도움을 받아서 해보기로 했습니다.

　사람들 앞에 서면 저도 모르게 식은땀이 흐르고 목소리가 떨렸습니다. 표정은 점점 굳었고 말수도 더 줄었습니다. 시간이 지날수록 점점 자신이 없어졌습니다. 몸도 마음도 소심해지고 아무것도 하기 싫었지만, 전 회장과 성가대원들에게 미안해서 겨우 끝까지 마칠 수 있었습니다.

　거울이 싫었습니다. 내 모습이 싫었습니다. 비대칭인 표정은 사진에서 더 선명하게 보였는데, 그래서 더 사진 찍기가 싫었습니다. 밥을 먹어도 한쪽 눈에선 눈물이 흘렀고 오히려 울고 싶을 때는 눈물이 나오지 않았습니다.

'왜 나에게만 이런 시련이 오는 걸까?'

부정적 생각이 들면 미친 듯 하늘에 대고 원망했습니다. 일상생활의 불편함이 저를 가치 없고 하찮은 사람으로 만들었습니다. 버려지고, 가난하고, 아프고, 죽지 못해 사는 인생이 무슨 희망이 있겠나 싶었습니다. 세상은 죽으라는데 꾸역꾸역 살려는 제가 비참하게 느껴졌습니다. 예민한 청소년 시기에 일어난 안면마비는 제 마음조차 마비시켰습니다.

안면마비라는 콤플렉스 때문에, 외모에 대한 비관적인 생각이 더 커졌습니다. 마비된 얼굴도 얼굴이지만, 작은 키의 비만한 제 몸을 쳐다보는 사람들의 시선이 따갑게 느껴졌습니다. 간혹 다른 사람들과 눈이라도 마주치면 저를 비웃는 것 같아 속으로 욕을 했습니다.

'너는 뭐 얼마나 잘났기에 그런 눈으로 쳐다보냐?'

사람들의 시선이 날카롭게 느껴졌습니다. 그런 생각을 할수록 저의 표정과 눈빛은 달라졌습니다. 속으로 욕하고 다니는 걸 사람들이 다 알 것만 같았습니다. 그런 일이 반복되다 보니, 사람들과 이야기할 때에 허공을 보거나, 땅을 쳐다보며 말을 했습니다. 다른 사람과 눈을 마주치기 싫어서 나쁜 습관이 생겼습니다.

다니던 상업고등학교는 집에서 상당히 먼 곳이었습니다. 동네에서 저의 교복을 신기해하며 간혹 쳐다보는 사람이 있었습니다. 교복을 입고 지나가면 어디 학교 교복인지 고개를 돌려 쳐다보는 사람도 있었고 물어보는 사람도 가끔 있었습니다. 그런 관심이 괴롭고 불편했습니다. 저를 보는 시선 자체가 부담스러웠습니다.

'날 보지 마! 가까이 오지 마! 말 걸지 마!'

저를 향한 사람들의 관심은 쓸모없는 분노로 표출되었고 어느 순간부터 눈을 부라리며 다녔습니다. 튀는 교복도 싫고, 키 작은 것도 싫고, 뚱뚱한 제 몸도 싫고, 그냥 '내가 나라는 것'이 모두 싫었을 때였습니다. 온 세상이 전부 싫은 이유로만 가득 찼던 시기였습니다.

외모 콤플렉스와 안면마비는 저를 점점 더 힘들게 했습니다. 잘 살고 싶다는 마음과는 반대로 부정적인 생각을 할수록 점점 더 불행해져갔습니다. 환경과 상황이 좋지 않다고, 나쁜 생각을 하면 오히려 힘든 건 나였습니다. 부정적 생각이 들 때는 일부러라도 긍정적인 생각을 하는 것이, 나를 위한 일임을 아주 나중에서야 알게 되었지요.

힘들어도 긍정을 선택해야 하는 것! 그것이 나를 살게 하는 희망이었습니다. 미리 알았더라면 조금 더 나은 선택을 했을지 모르겠습니다. 제 친구들이 저를 위해 했던 일이 바로 그런 일이었다는 것을, 미처 깨닫지 못했습니다.

힘들 때 책을 가까이했더라면 어땠을까 생각해봅니다. 힘들었던 사람들의 책을 찾아 어떻게 이겨냈는지, 스스로 선택할 일이 무엇이 있었는지, 공부하는 시간을 가졌다면 어땠을까? 하는 아쉬움이 남습니다. 그러나, 시행착오를 겪었던 모습이 있어 지금의 제가 있기에 후회하지는 않습니다.

자신을 사랑하지 않고 남부터 사랑한다는 말은, 나를 지키지 못하면서 남을 지켜준다는 말과 같습니다. 힘든 자신을 위해 자비를 베푸는 일이야말로, 진짜 나를 사랑하는 일이 아닐까요? 생판 모르는 남도 불쌍하고 힘들면 봉사하고 희생합니다. 그런 애달픈 마음으로 자신부터 챙기고 아껴주세요.

'어쩔 수 없지 뭐'라는 냉정한 시각으로 자신을 바라보라.
바로 이것이 자신의 약점이나 콤플렉스에서 벗어날 수 있는 첫 걸음이다.

- 히로카네 켄시

마음의 안식처 이태원 성당

초등학교 2학년 때부터 동네 친구 정희를 따라 이태원 성당에 다니기 시작했습니다. 일요일 성당의 점심시간. 부잣집 애들만 먹는다는 소시지 반찬과 계란말이, 그리고 각종 맛있는 반찬들이 뷔페처럼 차려져 있었습니다. 배가 터져라 실컷 먹었지요. 오후에는 초코파이와 콜라와 주스, 과자 등을 간식으로 주었습니다. 평소에 마음껏 먹지 못한 음식과 간식을 먹으니 절로 신이 났습니다. 성당에서 처음으로 보는 친구도 여럿 있었지만, 금방 친해질 수 있었습니다. 매주 일요일은 맛있는 것 먹고 친구들과 재미있게 노는 하루가 되었습니다. 되도록 빠지지 않고 성당에 다녔습니다. 성당 마당에서 친구들과 달리기 시합과 얼음땡을 하고 지하 교육관에서 성가대 언니 오빠들의 멋진 성가 연습도 들었습니다.

성당은 좋은 곳이라는 생각이 들어서 동네 친구들까지 몽땅 데리고 갔습니다. 부모님 나이가 많았고 형제자매가 없어서인지 언니 오빠 같은 젊은 선생님들이 너무 좋았습니다. 모두 멋지고 예쁜 선생님들이었지만 그중 제일 키가 크고 늘 청바지를 즐겨 입던 안경 낀 남자 선생님을 특히 좋아했었습니다. 부활절과 크리스마스 행사 때마다 삶은 달걀과 공책, 연필 등 선물들도 종종 나눠주었습니다. 저에게 성당은 그저 행복한 곳이었습니다. 생각 없이 놀러만 다니다가 점차 기도문을 외우고 진지하게 미사도 보았습니다. 신부님 강연을 듣다 보니, 성경도 믿음도 자연스럽게 받아들여졌습니다. 즐거운 곳이라는 생각에 성당에 빠지지 않았고 고등학교 2학년 때까지 마음 힘든 시기에도 꾸준히 다녔습니다. 집에 일이 생겨 성당에 한 번 빠지면, 좋지 않은 일이 더 생기는 것 같아 더욱 성실히 다녔습니다.

중학교 1학년부터 고등학교 2학년까지 5년간 성가대에 가입해 활동했습니다. 초등학교 때부터 성가대 단원들의 연습하던 모습을 자주 봐와서 그런지 성가대 활동을 해보고 싶었습니다. 성가대 단복과 2층 복층의 성가대 자리도 분리되어 있어 멋져 보였습니다. 성가대에 소속된다는 것이 마치 선택받은 사람이 된 것 같아 기분 좋았습니다. 열심히 활동한 덕분에 고등학교 2학년 때는 단장으로 선출되었습니다. 안면마비로 인해 마음이 힘들었던 시기였는데, 주변 사람들의 도움으로 끝까지 해내게 되었습니다.

성가를 부르다 울컥! 하고 눈물이 날 때가 많았습니다. 버려진 마음, 가난해서 힘든 마음, 몸이 아픈 마음, 사는 게 괴로운 마음들이 얽히고설켜 뭐라고 표현할 수가 없었습니다. 왜 자꾸 나에게만 이런 일들이 일어나는지 억울하고 분한 마음에 서러워 눈물이 났습니다. 저를 왜 이렇게 내버려두는 것이냐고, 제발 도와달라고 하느님께 기도했습니다. 힘들었지만 기도하는 시간이 있었기에 또 잘 버틴 것 아닌가 하는 생각이 듭니다. 성당에서 마음의 평안을 얻고, 기도를 통해 마음이 정화되었습니다. 힘들 때 종교의 힘을 빌려 살아보는 것은, 정말 큰 도움이 됩니다.

입시로 인해 따로 교리가 없었던 고등학교 3학년 때부터 성당의 테두리를 벗어나자, 방황이 시작되었습니다. 취업을 위해 학교에서 공부했던 내용은 현실적으로 도움이 되지 못했습니다. 빨리 취업해서 엄마의 걱정을 덜어주고 싶은 마음과는 별개로 현실에서는 계속 면접에서 떨어졌습니다. 그러면서 마음이 요동치기 시작했습니다. 면접에서 자꾸 탈락했던 저는 공부보다 차라리 살을 빼거나, 외모에 관심을 가질걸 하는 후회를 많이 했습니다. 서류심사나 필기시험에서는 늘 합격했지만, 면접만 보면 자꾸 떨어지는 자신을 비하하기 시작했습니다. 못생기고 안면마비에 뚱뚱하기까지 해서 면접에서 자꾸 탈락하는 것만 같았습니다. 스스로가 너무 미웠습니다. '나도 내가 싫은데 면접관도 당연히 내가 싫겠지!' 면접에 떨어지는 게 어쩌면 당연한 일이라며 점점 더 자신을 비난했습니다. 친구들은 하나둘씩 취업이 되어 학교를 떠나갔지요. 남은 친구들은 공부와 거리가 멀거나 취업이 되지 않은 아이들이었습니다. 일진 친구들과 어울리다 보니 저도 모르게 조금씩 물들었습니다. 평소에는 나쁜 일이라고 하지 않던 행동들을 조금씩 하기 시작했습니다. 술을 마시고 땡땡이를 치고 냄새에 질색하던 담배도 피워보았습니다. 평소의 저라면 하지 않을 행동들을 서슴없이 했습니다. 제가 생각해도 위험하다는 생각이 들 무렵, 친구의 연락을 받고 성당에서 만났습니다.

불과 몇 개월 전인데 낯선 느낌이었습니다. 2층 성가대 좌석, 본당에 있는 십자가에 걸린 예수님과 오르간, 신부님의 목소리, 귓가에 들리는 성가를 들으면서 반성했습니다.

'잘못된 길로 가고 있다!'

저는 잘살고 싶었습니다. 누구에게 도움을 요청할 사람도 없고, 저를 도와주고 붙잡아줄 사람도 없었습니다. 그래도 이 상황을 잘 이겨내서 저를 버린 세상에 보여주겠다고 다짐하며 기도했습니다.

'하느님! 제가 믿을 곳이 당신 말고는 아무도 없습니다. 나름대로 노력한다 해도 잘 안 됩니다. 하느님께 저를 맡길 테니 제발 도와주세요. 마음 편안하게 살아보고 싶습니다. 죄가 있다면 제발 용서해주세요.'

기도한다고 당장에 달라지는 일은 없었습니다. 기도한 만큼 모든 소원을 들어줄 수 있다면 얼마나 좋을까요? 힘들 때마다 기도한 것은 사실이지만, 반은 원망에 가까운 투정이었다는 걸 그때는 몰랐습니다. 기도만 하면 모두 이루어질 줄 알았습니다. 기도에 그치지 않는 노력을 기꺼이 해야만 이루어진다는 것을 몰랐습니다. 원망이라면 원망이고, 소망이라 면 소망이었던 간절한 기도의 시간은 기댈 곳 없는 저에게 감정을 쏟아 낼 수 있는 유일한 창구가 되었습니다. 매주 자연스럽게 저의 삶과 생활 을 돌아볼 시간이 있었기에 또 다음 한 주를 살아낼 수 있었습니다. 너무 나 감사한 일이었습니다.

원하는 일을 노력하지 않고 말로만 한다면 결과는 항상 같을 것입니 다. 자신이 원하는 것이 무엇인지, 구체적으로 계획하고 목표해서 실천 해야 이루어지겠지요. 행동 없는 말들은 허풍과 같습니다. 원하는 일을 이루려는 마음이 얼마나 큰가? 원하는 일은 어떻게 해야 하는가? 어떻게 실천으로 옮길 것인가? 시간을 두고 깊이 생각해야 합니다. 목표를 세우 고 행동으로 실천할 수 있는 사람이 되기를 바랍니다.

기도는 나 자신을 이해하고
세상을 이해하는 데 도움이 된다.

- 벤자민 프랭클린

엄마는 할머니 엄마

엄마는 1933년생 닭띠로 올해 나이 아흔한 살입니다. 제가 3살 때, 47살의 엄마를 만났고, 지금 저의 나이가 47살입니다. 제 나이에 3살짜리 아이를 키워야 한다면 그것은 어떤 의미일까요? 엄마는 분명 그때 중대한 결정을 한 것임이 틀림없습니다.

고등학생이 돼서야 이모에게 엄마에 대한 자세한 이야기를 들을 수 있었습니다. 엄마는 열일곱 살에 시집을 갔습니다. 결혼하고 6개월 있다가

6·25 전쟁이 터졌습니다. 전쟁에 끌려간 남편은 다시는 돌아오지 않았고, 살았는지 죽었는지 생사조차 알 수 없다고 했습니다. 시댁 식구들은 입을 줄이기 위해 엄마를 친정으로 돌려보냈습니다. 친정으로 돌아갔을 때, 집에서는 두 번째 결혼을 준비했습니다.

곧바로 두 번째 결혼생활이 시작되었지만, 남편은 도박에 빠져 몇 달이 지나도 집에 들어오지 않았고 돈이 떨어져야만 집에 한두 번 오갔을 뿐입니다. 살펴주어야 할 남편 대신에 시부모님과 꼬장꼬장한 시할머니의 시집살이가 고됐다고 했습니다. 손자며느리가 못마땅한 시할머니의 불만은 시아버지에게 전달되었고, 시아버지는 밥하는 며느리를 혼내는 대신 시어머니를 자주 혼내셨다고 합니다. 시어머니가 혼나는 걸 보고 엄마는 마음고생이 심했답니다. 남편이 며칠이고 몇 달이고 들어오지 않는 와중에 일어난 일이어서 더 서러웠다고 합니다. 엄마를 늘 곤란하게 만들었던 시할머니는 3년 만에 돌아가셨다고 했습니다.

그 이후 엄마는 남편보다는 시아버지와 시어머니를 의지하고 살았지만, 힘들었습니다. 노름하는 남편을 찾으러 매일 밤 이 동네, 저 동네를 찾아 헤매고 다녔던 엄마는 같이 사는 20년 내내 마음이 새까맣게 타버렸다고 했습니다. 그래서 집을 나와 다시 친정으로 돌아갈 수밖에 없었다고 합니다. 그 후 남편은 남아 있는 재산을 모두 탕진하고 나서야 도박을 멈출 수 있었습니다.

집으로 돌아온 엄마는 친정 집안 살림을 도왔습니다. 그렇지만 가난하고 먹을 것도 없던 친정집에서는 엄마가 부담스러웠습니다. 입 하나라도 덜어내자는 심정으로 엄마를 서울 일자리로 소개했습니다. 21살 차이 나는 64세 할아버지의 밥과 청소, 빨래를 도와주는 식모 일이었습니다. 아는 사람 하나 없는 서울에 식모살이로 온 엄마의 나이 44세였습니다. 부동산을 운영하던 할아버지는 동네에서 불같은 성격의 예민하고 소문난 구두쇠였습니다.

얼마나 까다롭기에 동네에서 모르는 사람이 없었을까요. 본인이 물건을 놓은 자리에 그 물건이 없으면 불호령이 떨어졌습니다. 반찬이나 살림을 할 돈을 한 달에 한 번 주지 않고 매일매일 소액을 주며 엄마가 먹는 음식마저 아깝게 생각했다 합니다. 엄마가 지낼 곳이 따로 없어 할아버지와 같은 방에서 생활해야 했습니다. 극한의 상황에서 엄마는 갈 곳이 없었고 시골집으로 돌아갈 수도 없는 오갈 데 없는 처지가 되었습니다. 엄마의 모진 서울살이는 그렇게 시작됐습니다.

그 후 3년 뒤, 엄마는 저를 만났습니다. 할아버지와 둘이 지내는 것이 지옥 같았던 엄마는 저를 키우는 재미로 살겠다며 할아버지의 반대를 무릅쓰고 키우기로 했습니다. 구두쇠 할아버지는 죽어라 반대했지만, 엄마가 집을 나가겠다고 하자 어쩔 수 없이 상황을 받아들었습니다.

이모에게 들은 엄마의 인생이 불쌍했습니다. 가난한 부모 밑에서 전쟁과 식민지 생활을 견뎌내고 불행한 결혼생활을 했습니다. 그런데도 엄마를 받아줄 가족이 없었다는 게 속상했습니다. 어릴 땐 그저 제가 빨리 커서 엄마의 고된 인생을 보상해주고 싶다는 마음이 컸습니다.

할아버지 아빠에게 밥을 축내는 존재인 저는 늘 핀잔과 욕설을 듣고 자랐습니다. 말끝마다 '썩을 놈의 가시나, 간을 내 씹어 먹을 년, 네까짓 건 아무것도 아닌데 왜 나서고 지랄이냐, 육시랄 년' 등등 언어폭력을 듣고 자랐습니다. 물론 엄마에게도 비슷한 폭언과 폭행을 일삼았습니다. 그런데도 엄마가 아빠 곁을 떠나지 못했던 것은, 엄마가 새로운 삶을 맞닥뜨릴 용기가 없었기 때문입니다. 살 집이 있었던 아빠는 매월 월세 받은 돈으로 생활하고 저축했지만, 엄마에게는 본인 먹을 반찬값도 아까워서 돈을 주지 않았습니다. 혹여나 본인의 반찬을 저와 엄마와 먹을까 봐 감시하기도 했습니다. 먹다가 남은 반찬이 없어졌다고 누가 먹었냐며 엄마를 몰아세우던 모습이 아직도 생생히 기억납니다.

엄마가 못 살겠다고 짐을 싼 건 딱 두 번이었습니다. 첫 번째는 초등학교 4학년 때, 식모 일의 급여를 주지 않아서였습니다. 덕분에 엄마는 아빠에게 돈을 받게 되었고 저는 멀리 다니던 학교를 조금이나마 가까운 곳으로 전학가게 되었습니다. 친한 친구인 경화가 다니던 학교에 다니게 되어 신났습니다.

두 번째는 중학생이 되고 나서의 일입니다. 덩치가 커진 저와 한방에서 3명이 생활하기가 힘들어 월세 받던 방 하나를 내어주는 일 때문이었습니다. 두 평 남짓한 곳에서 세 식구가 먹고 자고 하기엔 너무도 비좁았지요. 아빠에게는 소득이 줄어드는 일이기에 큰 문제였습니다. 엄마는 그 집을 떠나려 했습니다. 괴팍한 노인의 성격을 받아줄 사람은 세상 어디에도 없다는 걸 본인도 알고는 있었습니다. 아빠는 제일 싼 1.5평짜리 옥탑방을 내어줬습니다.

"너만 아니면 나는 어디 가서 살아도 그만이야!"

엄마는 종종 저 때문에, 이런 힘든 생활을 하고 있다고 했습니다. 그 말이 너무 듣기 싫었습니다. 그럴 때마다 마음이 미어졌습니다. 저를 키우겠다고 한 것은 엄마였습니다. 그것은 고마운 은혜였다가 상처로 돌아왔습니다.

모든 것은 엄마의 선택이지 저의 선택이 아니었습니다. 키워주신 일이 고마운 일임은 틀림없습니다만, 불행한 엄마는 저를 불행하게 했습니다. 지금 돌아보면 엄마가 얼마나 힘들었으면 그런 말을 했을까? 이해하고도 남지만, 그때는 참으로 속상했습니다. 힘들어서 한 말일 뿐, 진심은 아니라는 걸 알고 있습니다.

모든 일이 그렇습니다. 마음먹기에 따라 좋았다 나빴다 합니다. 외부 환경은 어쩔 수 없다지만 '받아들이는 나의 자세'는 자신에게 달려 있습니다. 가끔 힘들 때도 있었지만 저는 저에게 손 내밀어준 엄마에게 감사함을 선택했습니다. 긍정을 선택하는 순간! 마음이 평온해집니다. 자신을 위해서라도 긍정적으로 선택해보세요. 편안해집니다.

우리에게 가장 나쁜 적은
우리 마음 안에 숨어 있다.

- 푸블랄리우스 시루스

믿었던 가족에게 상처받다

데려온 아이는 보호받지 못했습니다. 처음 성추행이 있었던 때는 제가 아무것도 분별할 수 없던 유아 때부터, 정확히는 기억이 나지 않습니다. 다만 흐릿한 기억으로 대여섯 살 때부터였습니다. 단칸방에서 잘 곳 없는 저는 큰이모의 막내아들이 오면 좁은 다락방에서 며칠을 지냈습니다. 언제부턴가 큰이모 막내아들이 우리 집에 올 때면 저를 다락방으로 데려갔습니다. 그것이 성추행인지도 몰랐습니다. 그저 군대를 다녀온 이모 아들이 '나와 잘 놀아주는구나!'라고만 느꼈을 뿐입니다. 그런 일이 있었다는 것은, 아마도 그 사람과 저, 둘만 알고 있는 일일 겁니다.

두 번째는 가까운 사촌들로부터였습니다. 그들은 나와 또래로 4살과 2살 차이가 났고 동갑내기가 있는 삼 형제였습니다. 엄마가 아빠와 싸우고 집을 나와 갈 곳이 없어 작은삼촌의 집에 머물렀을 때 일입니다. 초등학교 4학년부터 시작해 중학교 1학년까지의 일입니다. 성적 호기심으로 가득 차 있던 사촌들은 돌아가면서 저를 성추행했습니다. 처음엔 추행이었다가 점점 수위가 높아졌습니다. 어릴 때부터 그런 일을 겪었던 저는 중학교 올라가면서부터 잘못된 행동인 걸 인지하고 엄마에게 용기 내어 말 했습니다. 엄마에게 그런 말을 한다는 것 자체가, 큰 용기가 필요했습니다. 마음속에서 수치심이 일어났습니다. 엄마는 저에게 '여자는 몸을 잘 간수해야 한다.' 말했습니다. 얼마 후, 작은삼촌은 저에게 이렇게 말했지요.

"너, 애들이랑 이상한 짓 하려면 다시는 우리 집에 오지 마!"

용기 내어 말한 이야기가 가슴에 상처로 돌아왔습니다. 저는 사촌 집에 가고 싶어 간 것이 아니라, 엄마를 따라 오갔을 뿐입니다. 아이들만 있던 집에서 벌어진 일이었고, 성 인지가 낮은 아이들이었습니다. 하지만 그때의 저는 아무것도 할 수가 없었습니다. 억울했습니다. 믿었던 엄마가 저를 지켜주지 못했다는 생각이 들었습니다. 이미 친척 간에도 업둥이로 알고 있었기 때문에 이런 일이 가능했다고 생각했습니다. 데려온 아이는 그래도 된다는 생각이었던 걸까요? 아니면 저를 함부로 해도 된다는 인식이 있었을까요? 이런 상황에 너무 화가 났습니다. 그래도 엄마에게 용기 내어 말한 이후로는 더는 그런 일들이 벌어지지는 않았습니다. 그리고 저 또한 특별한 일이 있대도 그 집에 잘 가지 않았습니다.

마지막으로 큰삼촌은 제가 초등학생일 때 이혼하고 오랫동안 혼자 살았습니다. 엄마는 바로 밑의 동생이었기에 늘 큰삼촌을 챙겨주었습니다. 지방에 사는 삼촌을 불러 서울의 옆 동네로 이사시켰습니다. 홀아비인 동생이 밥은 챙겨 먹는지 빨래와 청소는 잘 하고 사는지 틈만 나면 갔습니다. 엄마의 친정 식구들을 비롯해 큰삼촌은 저를 볼 때마다 "엄마가 없었으면 너는 지금 죽은 목숨이었을 거니, 엄마 말 잘 듣고 엄마한테 잘해라."를 주문처럼 외우곤 했습니다. 그 말은 가끔 일종의 협박처럼 들리기도 했습니다. 엄마한테 잘해야 하니 '우리가 무슨 짓을 하든지 엄마한테 말하지 마라.'고 느껴졌습니다. 엄마가 키워주었는데 왜 생색은 자기들이 내는지 모르겠습니다. 그때도 화가 났지만 대놓고 표현할 수는 없었습니다.

어느 날, 엄마는 큰삼촌에게 음식을 가져다주라는 심부름을 시켰고, 저는 큰 삼촌의 집에 가게 되었습니다. 물건만 가져다주고 나오려는데 큰삼촌이 다리가 아프다며 주무르라고 했습니다. 큰삼촌과 저는 서먹하게 인사만 나누는 사이일 뿐, 전혀 가까운 사이가 아니었습니다. 꺼림칙했지만 일단 시키니 다리를 주물렀습니다. 다리를 주무르라더니 허벅지를 주무르라고 했습니다. 점점 이상한 낌새를 눈치챘습니다. 저는 싫다고 거부하였습니다. 그랬더니 큰삼촌은 화를 내면서 제 손을 끌어당겼습니다. 온몸에 소름이 돋고 끔찍했습니다. 저는 집 밖으로 뛰쳐나갔습니다.

그때 저는 갓 스무 살을 넘긴 성인이었습니다. 유아 때부터 시작된 성추행이 성인이 된 시점까지 이어졌다고 생각하니 억울하고 화가 났습니다. 저는 데려다 키운 아이니 이런 일을 당해도 되는 걸까요? 분노가 치밀어 올라 엄마에게도 짜증이 났습니다. 하지만 이런 일에 대해 말하면 속상할 엄마를 생각하니 차마 입 밖으로 꺼낼 수가 없었습니다. 그리고 엄마는 이미 제 편이 되어주지 못했다는 경험이 있었기 때문에 더욱 말할 수 없었습니다.

표현할 수 없는 분노가 일고, 죽고 싶은 심정이 들어 가까운 친구 두 명에게만 말했습니다. 말로 꺼내기도 힘들고 너무 수치스러웠습니다. 이런 글을 쓰는 것도 몇 번이나 망설였는지 모릅니다. 제가 용기를 낸 것은 누구에게나 생길 수 있는 문제라고 생각했기 때문입니다. 절대 마음속의 짐으로 남겨두지 않았으면 하는 바람 때문입니다. 인생의 절반가량을 살았어도 이런 상처는 잘 지워지지 않았습니다. 지금은 그때와는 다르게 벌을 줄 수도 있게 되었습니다. 옛날엔 처벌이 힘들었을 뿐 아니라, 반대로 여자가 몸을 함부로 했다는 오명을 쓰기도 해서 오히려 비밀로 하기도 했지요.

　결혼하고 아이 낳고 살아보니, 더욱 있을 수 없는 행동이었음을 알게 되었습니다. 당시엔 몰랐지만, 아니 모르고 싶었지만, 시간이 흐를수록 그들의 얼굴을 볼수록 상처는 더 선명해졌습니다. 저는 그들이 지금 어떻게 살고 있는지 멀리서 지켜보고 있습니다. 그들 중 마음 편히 행복하게 사는 사람은 없습니다. 하는 일마다 잘 되지 않고, 이혼하고, 몸이 아프고, 혹은 죽기도 했습니다. 인과응보라고, 나쁜 일을 저지른 사람들이 잘살 리가 없겠지만, 그런 모습을 보며 '덕은 쌓은 대로 죄는 지은 대로'라는 말이 떠올랐습니다.

　지금 그들이 저를 볼 때 어떨까요? 그때의 일들이 떠올라 괴롭지 않을까요? 일말의 죄책감이라도 있다면 불편한 마음이 들지 않을까요? 그들이 저질렀던 행동이 평생 마음의 짐으로 남게 될 것입니다. 나쁜 짓은 남들은 몰라도 자기 자신은 아는 법입니다. 시간이 제법 오래 지난 지금, 저는 이제 그들을 용서하기로 했습니다. 과거의 그들이 저지른 일 때문에 현재 내 마음에 상처를 주고 싶지 않기 때문입니다. 그들 때문이 아니라 '나를 위해' 용서하기로 결심했습니다. 굳이 제가 아니더라도 그들은 벌을 받고 있었습니다.

가정 내 성폭력은 한국 여성의 전화 02-2253-6465, 여성 긴급전화 1336, 한국 성폭력 상담소는 02-338-5801로 운영되고 있습니다. 직장 내 성희롱 지원센터는 02-735-7544입니다. 성에 관련된 일은 오래도록 마음속에 상처로 남을 수 있습니다. 수치심 때문입니다. 평생 마음의 짐으로 두지 마시고 적극적으로 대응해서 자신을 지키고 보호해 주세요. 그런 일이 일어나지 않으면 좋겠지만, 혹시라도 그런 상황이 발생한다면 적극적으로 자신을 지켜야 합니다. 여러분은 저처럼 마음의 상처를 안고 살지 않기를 바랍니다.

배신자를 용서하는 것은 그들에게 이득을 주는 것이 아니라,
우리 자신에게 더 큰 자유를 선물하는 것이다.

- 타일러 페리

그럼에도 불구하고 헤쳐나가다

친구들과 수다를 떨다가 결국은 서로의 불행이 더 크다는 이야기로 이어지곤 했습니다.

"나는 어제 아빠한테 죽을 만큼 두들겨 맞았어. 아빠가 술에 엄청나게 취했거든. 엄마가 집을 나간 게 내 탓이 아닌데, 왜 자꾸 나 때문이래?"

"나는 너무 외로워. 아빠랑 엄마가 둘 다 일하니까 매일 집에 혼자 있는 게 무섭고 힘들어."

"나는 밥을 먹다가 숟가락으로 머리통을 맞았어. 밥 먹을 땐 개도 안

건드린다는데, 짜증 나."

　산꼭대기 달동네에서는 하룻밤 사이에도 별일이 다 일어났습니다. 부부 싸움 끝에 엄마가 집을 나가기도 했고 아빠가 술에 취해 때리기도 했습니다. 우리에게 가정 폭력이란 빈번한 일이었습니다. 매일 죽고 싶다 노래하는 친구도 있었고 실제로 우울증에 걸려 몇 달 동안 집 밖을 한 발자국도 나오지 않는 친구도 있었습니다. 또 다른 친구의 언니는 가정 폭력에 못 이겨 이혼한 엄마를 찾아 도망가기도 했습니다. 저뿐만 아니라 친구들도 마음고생이 심했습니다. 그런데도 제가 늘 일등을 차지한 것은, 버려진 아이라는 이유 때문이었습니다. 소문이 자자한 소 씨 할아버지와 살면서 폭언과 폭행에 쉴 새 없이 노출되어 있는 저를 친구들은 최고로 가엾게 생각했습니다.

　서른 살 이전에는 친부모가 없다는 것이, 참을 수 없는 불행처럼 느껴졌습니다. 제가 어디에서 어떻게 생겨났으며, 부모가 어떻게 생겼는지, 어떤 사람들인지를 모른다는 것은 너무나 슬픈 일이었습니다. 뿌리 없는 나무처럼 별것 아닌 일에도 마음이 휘청이곤 했습니다. 작은 일이라도 생기면 큰일처럼 어쩔 줄 몰랐습니다. 늘 긴장하며 살았습니다. 저의 지난날은 스스로 생각해봐도 불안한 줄타기 같았습니다. 저는 한 번이 아닌, 두 번이나 버림받은 아이였습니다. 주변 사람들이 곧 떠날 것 같은 불안한 마음에 오히려 관계를 망가트리기도 했습니다. 엄마는 나이가 많아 곧 돌아가실 것 같아서 불안했고, 친구들은 제가 싫어져 떠나갈 것 같았습니다. 성인이 되어서도 직장 동료들과 주변 지인들 또한 저에 대해 자세히 알게 되면 멀어질 것 같다는 생각에 착한 척, 괜찮은 척하며 지내기 일쑤였습니다. 저는 유독 짝사랑하는 사람이 많았었는데, 혼자만 좋아하다가 저를 좋다고 하는 사람이 생기면 급격히 그 사람이 싫어지는 경험을 몇 번이고 반복했습니다. 아마 저도 모르게 스스로를 계속 버림받는 사람으로 만들었던 것 같습니다. 오랫동안 스스로 괴롭히며 살았다는 것을 마음공부 관련된 책을 읽으며 알게 되었습니다.

동네 친구들과는 끈끈한 자매처럼 지냈습니다. 가족보다 더 많은 이야기를 하고, 미래를 상상하며 힘든 현실을 잠깐씩 벗어날 수 있게 해준 유일한 창구였습니다. 비록 힘이 없어 가정 폭력을 당하고 살지만, 나중엔 반드시 잘살 거란 막연한 희망이 우리를 살게 했습니다. 산꼭대기의 옥탑방에서 내려다보이는 한남대교를 보며 결심하고 결심하기를 수백, 수천 번이었습니다. 서로에게 의지하며 마음을 나누고 살았습니다. 어려운 형편에 친구 중 한 명을 빼고는 모두 약속이라도 한 듯이 특성화고에 진학했습니다. 그때는 우리가 자주 만나지 못해 각자 심적으로 힘든 시간이었지요. 주말에 성당에서 만나는 것으로 만족해야 했지만, 나오지 않은 친구도 있었고 짧은 시간으로 마음을 달래기에는 너무도 부족했습니다.

우리가 어떻게 그 시간을 잘 견뎌냈는지 스스로 대견하다고 생각합니다. 서로를 위로하고 참아내며 어려웠던 순간순간을 잘 지나왔습니다. 덕분에 인내심은 점점 늘어났고 힘든 순간도 곧잘 참아내게 되었습니다. 저는 왕복 4시간이 걸리는 고등학교를 무사히 졸업했습니다. 하루 회수권 두 장과 저녁 컵라면 비용 500원으로 이루어냈습니다. 버스를 기다리는 일이 그렇게 억울하고 눈물이 나고 춥고 배고프고 서러운 일인지, 겪어보기 전에는 전혀 알지 못했습니다.

시험 기간에는 일부러 잠을 자지 않았습니다. 내신 성적을 잘 받아야 취업이 잘 되었고, 성적이 좋아야 학교에 남아서라도 필기시험 대비 공부를 할 수 있었으니까요. 성적이 전교 30% 안에 들어야만 시사상식과 영어 수업을 따로 받는 혜택이 주어졌습니다. 학원에 다닐 수 없었던 형편이라 시험 기간에는 늘 잠을 포기했지요. 취업 기간이 되었을 때 저는 성적이 좋은 편이어서 대기업에 이력서를 넣을 수 있었습니다. 현대, 효성, 위니아, 농협은행 등등 모두 기억이 나지 않습니다만, 1차 서류전형, 2차 필기시험에서 합격하고 3차 면접에만 연속해서 줄줄이 낙방했던 기억만 선명합니다. 저 자신이 미웠던 시기였습니다. 못생긴 얼굴, 뚱뚱한 외모, 나조차 보기 싫은 비뚤어진 얼굴이 저의 미래를 망가트리는 것처럼 생각되었습니다.

줄 낙방을 하며 실망한 저는 취업을 포기했습니다. 자신감이 떨어져 공부고 취업이고 아무것도 하기 싫었습니다. 그러다 동네 전봇대에 붙어 있는 버스회사 입금사원 모집 글을 발견했지요. 망설임 없이 바로 면접을 봤고, 19살 겨울에 저의 첫 사회생활이 시작됐습니다. 오십만 원의 첫 급여 봉투를 열어보지도 않은 채 엄마에게 모두 드렸습니다. 제가 돈을 벌어 엄마에게 경제적 도움이 된다는 사실 하나만으로 뿌듯했습니다. 엄마는 무척이나 기뻐하셨고, 돈을 버는 저에게 고마워했습니다. 한 사람으로서 인격적으로 대우받는 것 같아 기분이 좋았습니다. 밥상에 한 번씩 고기반찬이 올라왔고, 한 끼라도 굶으면 큰일이라도 나는 듯 저의 밥상과 건강을 전보다 더 살뜰히 챙겨주었습니다. 그럴 때마다 사랑받는 느낌이 들었습니다.

저의 힘으로 돈을 번다는 것은 분명히 가치 있는 일이었습니다. 한 인간으로 존중받는 것이었고 엄마의 고단함을 덜어주는 일이었습니다. 아빠에게는 제가 쓸모없는 인간이 아니라는 것을 증명하였고 스스로 어떻게든 돈을 벌 수 있다는 것을 보여준 일이었습니다. 돈이 전부는 아니지만 돈 없이는 세상을 살아가기 힘들다는 것을, 온몸으로 체험한 어린 시절이 있었습니다. 돈 버는 일은 좋은 것입니다. 가난했을 때 돈이 없어 하지 못했던 일들을 도전해 볼 수 있어 행복했습니다. 그 과정에서 공부로 자신을 성장시키면, 돈은 저절로 따라오게 된다는 사실도 알게 되었습니다.

사회생활 기간이 늘어나고 경력이 쌓이며 지금의 제가 되었습니다. 직장생활 28년 차, 부장이라는 직함을 얻기까지는 힘든 과정이 있었지요. 힘든 시기를 참고 견디면 반드시 좋은 날이 올 것이라는 친구들과의 다짐처럼, 저는 원하는 것을 조금씩 이룰 수 있었습니다.

힘들어도 무조건 버티는 것이 좋은 방법은 아닐 수 있지만, 그럼에도 불구하고 이겨내고 해냈다는 보람이 저를 더욱 빛나게 합니다. 저는 삶에서 정면으로 대결하고 이겨낸 멋진 사람으로 남기를 바랍니다. 실패도 있고 성공도 있고 절망과 좌절도 있었지만 '그래도 잘 해냈다!' 스스로 칭찬하는 날이 있었습니다.

최선을 다해 살았다는 증거를 조금이라도 세상에 남겨보세요. 어려움을 극복하고 이겨낸 자신에게 아낌없는 칭찬을 해주세요.

인생은 무엇보다도 경험이다.
그 경험을 더욱 풍부하게 만들어 가는 것이 목표다.

- 알베르트 아인슈타인

한 치 앞도 모르는 것이 인생이다

제2장

눈물 젖은 회수권과 버스회사

동네 전봇대에 붙어 있는 전단을 보고 버스회사에 찾아갔습니다. 간단한 면접을 보고 바로 다음 날 입사하게 된 첫 직장 이름은 삼성여객입니다. 동네에서 이 회사를 모르는 사람은 없었습니다. 제가 입사한 부서는 경리과 소속 입금부서였습니다. 버스 기사들이 승객의 요금을 받아온 돈통을 수거하여 정리하는 부서입니다. 10원, 50원, 100원, 500원, 회수권, 지폐, 토큰으로 분류해 하루 매출액이 얼마인지 총 정산하던 곳이었습니다. 아침 9시에 출근하면 다음 날 아침 9시에 퇴근했습니다. 24시간 격일제 근무였지요. 적응하는 기간이 힘들었지만 혼자서 하는 일이 아니었기에 괜찮았습니다.

첫 출근 날, 입금부서로 가서 인사를 했습니다. 60대로 보이는 화장이 진한 여자 주임이 직속 상사라 했습니다. 주임은 2인 1조로 일을 한다며 손으로 반대편을 가리켰습니다. 철장 창살처럼 보이는 곳에 작은방이 딸려 있었고, 그곳이 숙소 겸 일하는 곳이라 했습니다. 버스 입금표를 정리하는 나무판 뒤로 덩치가 큰 여자가 불쑥 일어났습니다. 키가 엄청나게 커서 놀랐습니다. 나보다 한 살 많은 언니라며, 잔뜩 화난 얼굴로 '안녕하세요?'라고 말했는데 중저음의 목소리였습니다.

'저 사람과 같이 일해야 한다고?'

살짝 겁이 났습니다. 그렇게 무서운 인상을 한 여자는 지금까지 본 적이 없었습니다. 첫인상이 너무 강렬해서 그 장면은 28년이 지난 지금도 생생하게 떠오릅니다.

당시 저는 고등학교 졸업 전이라 학생 신분이었습니다. 같이 일하는 언니는 자신보다 어린 동생이 들어왔다며 나름의 특별 대우를 해주었습니다. 언니는 회수권 정리하는 방법과 동전을 분리해서 자루에 담는 방법 등을 차근차근히 친절하게 설명해주었지요. 당시 은행에도 없었던 동전 분리기와 동전을 세는 기계는 그때 처음으로 봤습니다. 동전을 담는 자루도 지폐를 묶는 띠지도 신기하기만 했습니다. 제가 그 많은 돈을 모두 정리해야 한다는 것이 묘했습니다. 은행원이 된 기분이었지요. 무서운 언니는 알고 보니 함께 일할 사람이 없어서 며칠간 혼자 일해 힘들었다고 했습니다. 생긴 것과 다르게 행동이 귀엽고 애교가 철철 넘치는 사람이었습니다. 시간이 지나면서 더 친해졌습니다. 생판 모르는 사람인데도 함께 삼시 세끼 밥 먹고, 잠을 같이 자는 또래였기에 금방 정이 들었습니다.

옆 동네에 살고 있던 언니는 보광동 토박이였습니다. 초등학교 1년 선배이기도 했지요. 생활 반경이 비슷해서 학교도 동네도 같았습니다. 얘기하다 보니 친하게 지낸 사람 몇 명 겹치기도 했습니다. 쉬는 날 언니와 길을 걷다 보면 동창인 남자애들과 여자애들이 걸음을 멈추고 언니에게 90도로 인사했습니다. 저는 언니와 친한 동생들이 많은 줄로만 알았는데, 중학교, 고등학교 때 꽤 잘 놀았던 언니였나 봅니다. 존재감 없이 살아온 저와는 달랐습니다. 아무도 저를 신경 쓰지 않았지만, 언니랑 다니면서부터 저를 어렵게 생각하는 친구들이 몇 명씩 늘어났습니다.

회사에서 힘든 부분은 따로 있었습니다. 버스 운행 기사 아저씨들이 무서워 처음에는 눈도 마주치지 못했습니다. 당시 기사들의 근무 일정은 저와 같은 격일제로 정오에 출근해서 다음 날 정오에 퇴근했습니다. 문제는 운행이 끝나고 나서였지요. 술 마시는 아저씨, 화투 치는 아저씨,

시비가 붙어 싸우는 사람 등 기숙사에서 빈번히 일어나는 소란스러운 일 때문이었습니다. 처음엔 난폭해 보이는 기사 아저씨들이 너무 무서웠습니다. 술을 마시면 사람이 이상하게 변하는구나! 남자가 무섭게 느껴졌습니다. 고성을 지르며 싸우는 폭력적인 아저씨들이 너무 싫었습니다. 인사성을 중요시하는 주임상사는 저의 인사하는 목소리가 기사들에게 잘 들리지 않는다고 나무랐습니다. 하지만 그것도 잠시, 일하는 개월 수가 늘어나면서 '사람 사는 게 다 그렇지.'라며 적응하게 되었습니다. 기사 아저씨들이 욕을 하거나 말거나, 저는 제 할 말 다 하는 사람이 되었습니다. 짓궂은 농담을 대수롭지 않게 넘기고, 언성 높여 싸워야 할 때는 말싸움에도 지지 않게 되었습니다.

비바람이 치던 날, 하교하던 저의 주머니에는 회수권 한 장이 달랑 들어 있었습니다. 친구들은 남아서 버스를 기다려야 하는 저에게 백번 미안하다고 말하며 다른 버스를 타고 갔습니다. 우산을 쓰긴 했지만, 비가 몽땅 새어 들어와 교복은 이미 홀딱 젖었습니다. 손가락이 바람에 떨어져 나가는 것 같았습니다. 목도리를 했지만 매서운 바람이 파고들어왔습니다. 문제는 발가락입니다. 신발이 다 젖어버려서 발끝에 감각이 없었습니다. 그날따라 오지 않는 버스를 기다리는데 눈물이 멈추지 않았습니다. 당장 회수권이 한 장밖에 없는 것이 억울하고, 추워서 억울하고, 가난해서 억울했습니다. 두 시간을 기다리고 나서야 버스를 탈 수 있었던 저는 회수권을 최대한 구겨뜨려 던지듯이 돈통에 집어넣었습니다. 이날은 저의 인생에서 최고로 힘든 날이었고 절대 잊지 못할 날이었습니다.

회수권을 셀 때 종종 그날이 떠오르곤 했습니다. 인생은 참 아이러니하지요. 불과 몇 개월 전의 일이었습니다. 구겨진 회수권을 예쁘게 펴서 차곡차곡 정리하고 있는 제가 웃겼습니다. 세고 있는 수많은 회수권 중에 저처럼 마음 아픈 회수권은 없기를 간절히 바라기도 했지요.

제가 직접 고른 첫 직장이며 첫 월급을 안겨준 버스회사. 아무것도 몰랐던 저에게 사람 구실 할 수 있도록 용기를 주고, 어려운 일도 하다 보면 해낼 수 있다는 경험을 안겨주었습니다. 아무리 무서운 사람도 각자의 사연이 있고, 어려운 상황도 이겨낼 수 있다는 강단을 배웠고 배짱부리는 법도 배웠습니다. 또한, 평생지기 친구 같은 언니를 만나게 되어 감사한 곳이기도 합니다. 그때 무서웠던 언니는 형제자매 없는 저에게 든든한 지원군이 되어주었지요.

열아홉 살의 저는 스스로 도전하는 경험을 처음 했습니다. 돈을 벌어야 한다는 절박함에 그런 용기가 솟아났나 봅니다. 처음으로 직장 생활해서 엄마에게 급여를 주었을 때 엄마는 너무 행복해하셨지요. 저의 첫 월급은 오십만 원이었지만 금액을 떠나 스스로 돈을 벌었다는 것이 큰 용기가 되었습니다. 엄마에게 경제적 도움을 주고 싶다는 소망을 이루게 된 자신이 대견했습니다.

아무것도 하지 못할 거라는 비관적인 생각을 버리고 무엇이라도 해보자 했습니다. 한 치 앞을 모르는 게 인생이라지만 당당하게 맞설 마음의 준비가 되어 있다면 무엇이든 할 수 있습니다. 아무리 힘들어도 마음을 수십 번 수백 번 고쳐먹고 노력한다면, 그것이 결국은 성장의 밑거름이 되지 않을까요? 저는 지금도 그때 용기 낸 저를 진심으로 자랑스럽게 생각합니다.

지금 당신의 힘든 날은 결국 당신에게 성장의 밑거름이 될 것입니다.

어려움이 없는 삶은 존재하지 않는다.
중요한 것은 우리가 그 어려움을 극복하고 성취할 능력을 갖춘다는 것이다.

– 달라이 라마

치과 병원에서 근무하게 되다

버스회사에서 경리과와 차별 대우 문제로 함께 일하던 언니가 회사를 그만두었습니다. 일 년 반의 시간 동안 정이 깊게 들었던 탓인지 혼자 적응하기 힘들었습니다.

견디다가 한 달 후, 사직서를 제출했습니다. 엄마는 잘 다니던 회사를 왜 그만두냐며 핀잔주었지요. 순식간에 엄마의 '밥 먹어~'는 '밥 처먹어!' 로 바뀌었습니다. 갑자기 천덕꾸러기 신세가 되었습니다. 눈치 보였던 저는 엄마의 잔소리를 피해 경주 언니 집으로 도망쳤습니다. 한동안 언니 집에서 먹고, 놀고, 자기도 하며 지냈습니다. 지금 생각하면 철없던 행동이었지만 그때는 몰랐습니다.

백수 생활 두 달이 지나니 엄마의 돈 걱정이 날로 커졌습니다. 엄마는 살기 위해 다시 파출부 일을 시작했지요. 정신이 번쩍 났습니다. 제가 그렇게 싫어하던 엄마의 파출부 일. 저는 일을 찾아 나서야 했습니다. 때마침 고등학교 동창에게 연락이 왔습니다. 일을 소개해주겠다며 삼성동에서 만나자고 했습니다.

'월드라이센스' 그 회사의 이름입니다. 친구의 고모가 회사의 높은 사람인 것 같았습니다. 설명회를 한다며 강의실로 들어가자 했고, 시간이 지날수록 뭔가 분위기가 이상했습니다. 자동차 보험은 아닌데 보험이라 합니다. 오십만 원을 내면 회원가입을 시켜주고 사업을 운영할 수 있다고 했습니다. 범칙금은 내주는데 불법 유턴과 사망 사고는 보장되지 않는답니다. 저는 운전을 하지 않는데 이 사업을 하기 위해선 보험에 가입해야 한다고 했습니다. 전 운전면허도 없었습니다. 보험이고 범칙금이고 잘 몰랐습니다. 사람들이 많아 앉을 자리도 없이 시끌벅적 정신이 산만했습니다. 친구는 열 명을 자기 밑으로 회원가입을 시켜 삼백만 원을 벌었다고 했습니다. 그러면서 고모의 통장을 보여주었는데 실제로는 처음 보는 금액이었습니다. 삼천만 원이 넘는 액수가 들어 있었습니다. 친구도, 친구의 남편도, 그 고모의 온 가족이 모두 그 사업을 한다고 했습니다. 그걸 하면 금방이라도 큰돈을 벌게 될 줄 알았습니다. 그것은 지금 말하는 피라미드 다단계였습니다.

그 후, 5개월 동안 열심히 친구를 쫓아다녔습니다. 헛된 희망과 본전을 찾기 위한 저의 발버둥은 카드 연체 대금 800만 원으로 불어나 돌아왔습니다. 연체한 카드 회사에서 집으로 전화를 하고, 전화를 받은 엄마는 난리가 났습니다. 엄마는 호적을 파버리겠다며 딱 죽지 않을 만큼 저를 때렸습니다. 잘못한 것을 알고 있기에 도망가지 않고 그대로 맞았습니다. 그리고 다음 날부터 엄마는 또 여기저기 돈을 빌리러 다녔습니다.

'나는 왜 이럴까?' 저라는 인간이 너무 싫었습니다. 뭔가 이상하다고 생각했을 때 발을 뺐어야 했습니다. 싫은 소리를 하지 못하는 성격 탓에 친구와 사이가 멀어질까 질질 끌려다니다가 이렇게 큰 빚을 지게 된 것입니다. 친구라는 것이 무엇일까? 진지하게 생각해본 계기가 되었습니다. 내가 있어야 친구도 있는 것이지! 막상 상황이 이렇게 되니 친구고 뭐고 정말 원망스러웠습니다. 제 자신이 바보 같았습니다. 자책을 많이 했습니다. 800만 원이라는 큰돈을 어떻게 벌어야 할지 막막하기만 했습니다.

마음이 급했습니다. 빨리 돈을 벌어야 한다는 생각에 며칠을 고민하다가 고등학교 3학년 때 담임선생님을 찾아뵈었습니다. 오선자 선생님은 저의 험난한 가정사를 모두 알고 계셨지요. 안 그래도 열심히 공부했던 친구였는데 학교에서 취업이 되지 않아 내내 마음이 쓰였다고 했습니다.

선생님은 한 치과 병원을 소개해주었습니다. 수학 선생님의 삼촌이 운영하는 병원이라 했습니다. 감사의 인사를 전하고 다음 날 이력서를 준비해 치과 병원에 방문했습니다.

막상 가보니 일반적인 작은 치과는 아니었습니다. 당시 코디네이터를 처음으로 도입해 아카데미를 운영하고 있던 예치과 그룹이었습니다. 서울대학교 출신 대표 원장만 네 명이고 밑의 선생님들까지 합하면 열 명이 넘었지요. 게다가 치위생사와 기공실, 사무직까지 사원 수가 오십 명에 달하는 중소기업 규모였습니다. 건물은 본관과 별관, 교육관이 따로 있었습니다. 저는 운이 좋게 좋은 선생님을 만나 당시 국내에서 가장 큰 치과 그룹의 관리부 직원으로 입사하게 되었습니다.

치과에서도 저는 막내였습니다. 단지 나이가 어리다는 이유로 많이 배려해주셨지요. 생각해보면 엄청난 특권이었습니다. 관리부라 금고가 있는 방을 따로 배정받았습니다. 그때는 카드 매출이란 것이 생겨난 지 얼마 되지 않았을 때라 늘 현금이 많았습니다.

인터넷 뱅킹이 생기기도 전이었습니다. 돈을 세고, 띠지로 묶고, 총수입을 정리했습니다. 은행에 가서 통장에 입금하고 송금했습니다. 한 달에 한 번 급여를 정산하고, 결재받고, 치과 재료 대금을 송금하고, 치과 경비와 직원 경비를 쓴 금액을 정리하고 계산했습니다. 치과가 바쁠 땐 치과 용품을 소독해주기도 하고 원장님들의 심부름도 했습니다. 세금계

산서를 정리하고 송금 명세서를 챙겨 세무사 사무실에 넘기면 저의 업무는 끝납니다.

은행에 가면 창구의 은행원들이 저를 신기하게 생각했습니다. 당시에는 대부분 은행에만 지폐를 세는 지폐계수기가 있었지요. 언니들은 어린 제가 돈을 셀 때 지폐를 쫙 펴서 탁탁 소리를 내며 빠르게 세는 걸 신기하게 생각했습니다. 제 생각으로 지폐만큼은 창구 언니들보다 잘 묶었던 것 같습니다. 늘 현금이 가득했던 곳에서 일한 경험이 있으니 아무래도 일반 사람들과는 달랐겠지요. 치과 병원 또한 현금이 많아서 그럴 수밖에 없었을 겁니다. 매출 많은 병원이라 지점장님이 직접 관리했는데 똑똑하고 일 잘하는 아이가 들어왔다며 칭찬을 아끼지 않았습니다. 물론 영업이었겠지만요.

치과 병원은 교육을 중요시하고 배움을 강조하던 곳이었습니다. 매월 책을 읽고 회의하며 리포트를 제출하는 과제도 있었습니다. 월요일 아침마다 치과 세미나를 준비하고 사례를 발표하며 잘하는 사람에게는 포상금도 주었지요. 저는 이곳에서 3년간 배움에 대한 끊임없는 자극을 받았습니다. 배운 사람들이라 공부에 대한 태도가 다른가? 생각하곤 했습니다. 4명의 원장님은 끊임없이 공부해야 한다는 것을 늘 강조하였습니다. 대표 원장님은 일하는 와중에 책을 출간하기도 했습니다. 한 치위생사 언니는 직장생활을 하며 대학을 졸업하기도 했고요. 들어가기는 쉬워도 졸업하기는 어렵다는 방송 통신 대학교였습니다. 그곳의 사람들은 늘 무엇인가를 공부했고 이루어냈습니다. 이들을 보며 저도 무엇인가를 해내고 싶다는 생각이 들기 시작했습니다.

어느 날 병원 앞에 작은 피아노 학원이 생겼습니다. 지나다닐 때마다 자꾸만 눈에 밟혔습니다. 초등학교 때 친구를 따라 피아노 학원에 갔었는데 배워보고 싶었지요. 학원에 다니고 싶었지만, 그 당시 가정 형편이 어려웠기에 다닐 수 없었습니다. 저는 그때 배우지 못했던 피아노의 한을 풀 수 있도록, 저 자신에게 기회를 주고 싶었습니다. 여러 번의 망설임 끝에 학원에 등록했고 바이엘 상·하권을 배웠습니다. 막상 해보니 생각보다 잘하지 못했고 그때 배웠었더라도 오래가지 못했겠다는 생각이 들었습니다.

마음이 후련했습니다. 해보니 별거 아니었는데, 하지 못했다고 생각하니 마음속에 큰 응어리가 생겼습니다. 저의 배움의 도전은 이 작은 것으로부터 시작되었습니다. 배우고 싶으면 배우고 하고 싶으면 도전하기로 했습니다.

돈이 없어서 배우고 싶고 하고 싶은 일을 못한 저에게 기회를 주면서 도전이 시작되었습니다. 저에게 배움의 기회를 주고 싶었습니다. 결핍이라고 생각했던 일들이 저를 성장시키는 디딤돌로 작용했습니다. 결핍이 나쁜 것만은 아닙니다. 이제 저는 제가 키웁니다. 지금이라도 늦지 않았습니다. 당신도 당신을 잘 키워보기를 바랍니다.

불가능한 도전은 없다.
도전하는 것 자체가 불가능을 가능으로 만든다.

- 장 크롤

친구 따라 야간 전문대 가다

"원서, 같이 내지 않을래?"

고등학교를 졸업한 직후 중견기업에 취업한 미라로부터 전화가 왔습니다. 학력 때문에 차별 대우받고 있다고 했습니다. 전문대학이라도 가야겠다고 결심을 한 모양입니다. 같은 동네에 사는 동창인 제게 함께 해보자고 권했습니다. 저는 절실하지 않았지만, 친구 따라 강남 간다는 마음으로 원서를 냈습니다. 친구는 떨어지고 저만 붙었습니다. 정말 미안한 마음이 들었습니다만 친구는 같은 지역 다른 학교에 합격했습니다.

합격했다고 진학할 형편도 되지 않았습니다. 고등학교도 겨우 졸업했습니다. 보나 마나 엄마가 반대할 것이 분명했지요. 병원 언니들에게 이야기했더니 꼭 가야 한다며 난리였습니다. 한 살이라도 어릴 때 시작하라며 나중에 크게 후회될 것이라 했지요. 갈 수 있다면 저도 진학하고 싶었습니다.

얼마 전 치위생사 언니의 방통대 졸업을 보며 크게 부러워했던 일이 있어서인지 도전해보고 싶었습니다.

'일하면서 학교에 다녀야 한다면 원장님께 물어보자.' 직속 원장님에게 사실을 알렸습니다.

"원장님이 반대하시면 안 갈게요. 만약 허락하시면 근무 시간과 급여를 조정할 수 있을까요? 의견이 궁금합니다."

원장님은 합격했으면 가야 한다며 흔쾌히 근무 시간을 조정해주겠다고 했습니다. 재무 원장님 역시 공부에 대해 관대한 사람이었습니다. 마지막으로 엄마에게 물어보았습니다.

얼마 전, 친구 따라 다단계에 빠져 빚진 팔백만 원 때문에 엄마는 아직도 파출부 일을 하고 있었습니다.

'이 와중에 대학이라니! 말도 안 된다고 하겠지?'

염치없지만 말이라도 꺼내보자는 심정으로 입을 열었습니다만, 엄마는 돈 이야기부터 꺼냈지요. 수긍할 수밖에 없었습니다. '내가 너무 욕심이 많구나.' 없던 일로 하기로 했습니다.

며칠 후, 엄마는 진학하라고 허락했습니다. 엄마의 고민 얘기에 주변 아주머니들이 보내라 했다며 성당에 장학금 문의를 했고, 우리 사정을 알게 된 성당에서 감사하게도 한 학기 장학금을 지원해주겠다며 연락이 왔다 했습니다. 오랫동안 성당에 다녔고, 성가대 단장을 한 이력도 있어서 단박에 결정이 났다고 했습니다. 하느님이 저를 도와주는 것 같았습니다.

그 후, 낮에는 일하고 밤에는 학교에 다녔습니다. 몸이 너무 고단했습니다. 아침에 일어나 밥 먹고 책가방을 싸서 출근합니다. 병원에서 일찍 보내주는데 일에 차질이 생기면 더욱 미안하니, 더 열심히 일했지요. 4시 30분에 퇴근해 지하철을 한 시간 반가량 타고 학교에 도착해서 밤 10시 30분까지 수업을 들었습니다. 수업이 끝나기 무섭게 집으로 향해 도착하면 12시 이전. 늦은 밤, 식사를 하자마자 피곤함에 절어 잠이 듭니다. 물론 공부할 시간은 없었습니다. 눈을 감았다 뜨면 아침이었습니다. 똑같은 일과가 반복되었습니다.

그러다 시험 기간이라도 되면 망연자실이었습니다. 평일엔 정말 공부할 시간이 없고 주말엔 피로를 푸느라 급급했습니다. 시험 기간만큼은 공부해야 했으나 몸과 머리가 말을 듣지 않았습니다. 책만 펴면 졸음부터 쏟아져 내렸습니다. 그래도 최선을 다했습니다. 그중 제일 어려운 과목은 전산 관련 과목이었는데 보험금 청구하는 실습 위주의 과목이다 보니 잘할 수 없었습니다. 프로그램에 보험 수가를 넣고 금액을 청구하는 과목이었습니다. 저는 그 과목을 낙제해 다음 학기에 재수강을 해야만 했습니다.

그 시기를 어떻게 지냈는지 선명하게 기억이 나지 않습니다. 병원, 학교, 집만 반복하며 살았습니다. 그때로 돌아가 다시 할 수 있겠냐고 묻는다면 못할 것 같다는 생각이 듭니다. 정신은 쏙 빠지고 몸만 살아 움직인 느낌입니다. 그 와중에 낙제 점수까지 받게 되어 상심이 컸습니다. 일도 학교도 다 그만두고 싶을 만큼 지쳐버렸습니다. 남은 한 학기에 낙제 과목까지 재수강을 해야만 했습니다. 학교생활을 제대로 해보고 싶었습니다. 같은 과 학생들과 만나 술도 한잔하고 차도 마시며 친목 도모도 해보고 싶었습니다. 엄마에게 오로지 학교만 다니고 싶다고 얘기했고, 옆에서 고단함을 지켜본 엄마는 크게 반대하지 않았습니다. 엄마의 허락하에 병원을 그만두고 남은 한 학기는 학교만 다녔습니다.

유난히 더디게 간다고 생각했던 시간이 훌쩍 지나갔습니다. 동네 유진이 언니가 지리를 잘 알지 못하는 엄마를 모시고 졸업식에 참석했습니다. 엄마를 보니 눈물이 왈칵 쏟아졌습니다. 어찌 나 혼자만의 고생으로 이루어냈을까요? 엄마의 자랑스러운 표정 속에서 알 수 없는 벅참이 느껴졌습니다. 엄마에게 학사모를 씌워드리고 사진을 찍었습니다. 비록 전문학사였지만 학사모는 엄마에게도 저에게도 힘들었던 시간의 보상 같았습니다. 엄마도 저도 현실이 버거웠지만, 끝까지 포기하지 않았습니다. 힘든 시기를 잘 이겨냈다는 생각에 스스로 너무도 대견스러웠습니다.

힘들어도 끝까지 해낸 야간대학 졸업 경험이 제 인생의 또 다른 발판이 되었습니다. 해냈다는 자부심이 마음의 밑거름이 되어 항상 저를 응원했습니다.

'이렇게 힘든 시간도 보냈는데 이건 껌이지.'라는 마음으로 크고 작은 힘든 상황들을 이겨나갔습니다. 힘들었던 시간은 저를 더 단련시켜주었습니다. 앞으로도 살면서 슬픈 날 힘든 날이 왜 없겠습니까? 어차피 겪어야 하는 일이라면, 인생의 단단한 밑거름 될 경험으로 생각할 것입니다. 어려움을 이겨냄으로써 우리는 매일 더 성장해나갈 것입니다.

바람이 불어오는 대로 허공에서 춤추는 듯하게 살면,
모든 역경은 그저 무용이 될 것입니다.

- 오스카 와일드

전공을 살려 새롭게 시작하다

야간대학 졸업 후 의무행정(병원행정)이라는 전공을 살려 한방병원에 취업했습니다. 당시 삼성동에 있던 하나 양·한방병원이었습니다. 원래 있던 병원은 부천으로 확장 이전하였고, 남아 있는 병원은 서울 분점이 되었습니다. 치과 병원 경력이 인정되어 기획관리부의 주임으로 입사했습니다. 컨설팅하는 회사가 관리하는 병원이어서 그들과 함께 근무했습니다. 기획관리부라 했으나 업무는 총무에 가까웠습니다. 병원의 모든 행정을 해결하는 부서였습니다.

카드 매출 관리와 필요한 물품들을 관리했지요. 병원엔 환자용 구급차도 있었는데 처음으로 자세히 내부를 볼 수 있어 신기했습니다. 내과, 한방과, 간호과, 스포츠의학과, 물리치료실, 약제실, 원무과, 영양실, 주차관리과 등 각 부서가 원활히 돌아가도록 도왔습니다. 입원실도 있고 직원이 많은 병원이라 한시도 쉴 틈이 없었습니다. 그래도 전공을 살려 일을 한다는 것이 신이 나서 힘든지도 모르고 최선을 다했습니다.

점차 업무에 적응하면서 동료들도 사귀었습니다. 동갑내기 원무과 직원도 있었고, 또래의 간호사와 간호조무사도 여럿 있었습니다. 사람이 많은 곳이라 1층 외래에서 일이 터지면 5분도 채 되지 않아 전 직원들에게 소문이 났습니다. 말의 전달이 빨라 놀란 적이 한두 번이 아닙니다. 1층에서 환자의 고성이 들리던 날, 일 처리를 하고 5층 엘리베이터에서 내리자마자 간호과 언니가 달려오며 말했습니다.

"무슨 일이야? 환자가 소리를 지르고 난리 났다며?"

엘리베이터에서 내리기도 전에 눈을 마주치자 달려오며 묻던 직원의 부산함에 웃음이 났습니다. 사건 사고가 터질 때마다 친한 동료들끼리 모여 퇴근 후, 한두 잔의 술을 마시곤 했습니다. 일하는 고단함의 보상을 만남의 수다로 승화시키는 시간이 정말 즐거웠습니다.

서울대 출신의 노총각 병원장님은 귀가 상당히 얇았습니다. 병원 운영

경험이 없다 보니 이 사람 저 사람의 말을 모두 귀담아들었지요. 어떻게 알게 되었는지 기체조를 하는 사람까지 영입했었습니다. 아침 8시 30분, 1층 로비에서 전 직원이 모여 기체조를 했습니다. 한쪽 발로 서서 두 팔을 휘두르던 기억이 있습니다. 한 번 웃음이 터지면 멈출 수가 없었기 때문에 직원들은 안간힘을 쓰고 서로 눈을 마주치지 않으려 노력했습니다. 고문의 기체조는 두 달간 이어졌습니다.

병원엔 가끔 연예인이 방문하기도 했는데, 스포츠의학과의 권유로 연예인 마케팅을 한다고 했을 때였습니다. 제가 본 유명 연예인은 정준호 님과 최수종 님이 있었습니다. 역시 연예인은 일반인과는 확연히 달랐습니다. 얼굴에서 후광이 난다는 말이 무엇인지 실감했습니다.

밖에서 병원 친구들과 만나는 횟수가 늘어나면서 병원 내 커플이 생겼습니다. 누가 사귀라고 이어준 것이 아니라 알아서 자기들끼리 눈이 맞았습니다.

우리는 동료애를 발휘하여 비밀 유지를 해주었지요. 재채기와 사랑은 감출 수 없다고, 만나는 기간이 길어지면서 관리자들에게 들통이 났습니다. 퇴근 시나 휴식 시간에 조심했어야 했는데 딱 걸리고 말았던 것입니다. 모임을 만든 저를 포함한 몇 명이 병원 관리자들에게 찍혔습니다. 그로 인해 만나는 횟수가 약간 줄어들었지요. 병원의 컨설팅 회사 직속 선임이 늘 저를 주시하고 있었습니다.

얼마 후 커플이 깨지면서 여자친구가 병원을 그만두었습니다. 남아 있던 남자친구는 술을 먹고 저에게 울며불며 전화했습니다. 도대체 어쩌라는 건지, 자기 둘이 좋다고 만나놓고 왜 저에게 그러는지 알 수 없었습니다. 커플도 깨지고 병원의 가세도 점점 기울어갔습니다. 팔랑 귀의 원장님은 뒷심이 없어 끝까지 이루어낸 성과가 없었습니다. 이것저것 손을 대며 큰 비용만 쓰다가 결국 인원 감축의 카드를 꺼내 들었습니다. 직원의 20%가 정리해고 대상이 되었습니다. 그 안에 찍혔던 직원들이 저를 포함해 몇 명 있었습니다. 그렇게 저의 짧고 굵었던 즐거운 병원 생활은 1년으로 끝이 났습니다.

허무했습니다. 내가 왜 해고 대상이 되었는지 억울하기도 했습니다. 그렇다고 친구들이 원망스럽지는 않았습니다. 저에게 재미있는 시간을 갖게 해준 것으로 충분했습니다. 지금 생각해도 즐거웠던 것은 틀림없습니다.

퇴사 후로도 우리는 몇 번의 모임을 더 가졌습니다. 안내실에 있던 동갑 친구와 인천 월미도에서 배를 탄 기억이 있습니다. 구급차를 운전하던 기사는 놀이 기구를 타고 구토까지 했습니다. 우리는 오랜만에 만나

한번 놀면 지치도록 놀았습니다. 모두 모여 술을 마셨을 때도 얼큰하게 마셨던 기억이 납니다.

몇 년이 지나 각자의 삶이 바빠서 연락이 뜸해졌을 때, 갑자기 엄마가 쓰러지셨습니다. 병원 응급실에 가보니 뇌졸중이라고 했습니다. 다급한 마음에 병원 원무과 친구인 형태에게 전화를 걸었지요. 여자친구와 헤어 져서 울고불고했던 그 녀석입니다. 연신내에 있는 양 · 한방병원에서 원 무과 직원으로 근무하고 있다고 했습니다.

저는 직장에 다니고 있을 때라 지인이 있는 병원이 필요했고, 마침 작 은삼촌이 연신내에 살고 있어서 친구에게 입원을 부탁했습니다. 병원에 아는 사람이 있으니 마음이 놓였고, 든든했습니다. 처음으로 그 동갑내 기 친구가 믿음직스러웠습니다. 외숙모와 병원 친구의 도움으로 100%는 아니지만, 엄마는 건강을 되찾았습니다. 형태에게 고마운 마음을 갚고 싶었으나 그 친구가 결혼하면서 자연스럽게 소식이 뜸해지며 연락이 끊 겼습니다. 그때의 고마운 기억으로 지금도 가끔 보고 싶은 친구 중 한 명 입니다.

어색하던 직장 동료로 만나 친구가 되기까지의 과정이 있었고, 모두가 소중한 인연입니다. 도움을 주고받고 정을 나누고 지내다가 연락이 끊기 니 아쉽습니다. 저에게 인연은 모두 소중합니다. 그때로 돌아간다면 연락이 끊기지 않게 자주 만나고 연락하고 싶습니다. 정들었던 사람이 연락되지 않으니 그립습니다. 모두 보고 싶은 사람들입니다. 소중한 인연이 끊기지 않도록 주변을 잘 챙기고 살아갑시다.

인연은
우연이 아니라 필연이다.

- 조지 산타야나

돌고 돌아 공사판

잡코리아에서 헤드헌팅(고급, 전문 인력의 재취업이나 스카우트를 중개해주는 일) 업체에 이력서를 제출했습니다. 일주일이 지나 면접을 보자며 연락이 왔지요. 이것저것 묻는 말에 성실하게 답을 했고 경력에 맞는 회사를 찾으면 연락을 주겠다 하며 간단하게 면접이 끝났습니다. 아무래도 전공은 살리지 못하겠다고 판단했습니다. 경력이 더 많았던 회계 직종으로 지원했습니다. 2주가 지나 다시 연락이 왔고 청담동의 S 실내장식회사에서 면접을 봤으면 좋겠다고 했습니다. 실내장식회사(인테리

어회사)는 처음이었습니다. 디자인 회사에 맞게 사무실 분위기가 쾌적했고 예뻤습니다.

대표라고 하기엔 너무 젊고 예쁘게 생긴 언니 같은 분과 면접을 보았습니다. 당시 대표는 30대 초반이었습니다.

"생년월일 음력인가요? 양력인가요?"

"치과 그룹에서는 어떤 일을 했나요?"

"한방병원은 왜 그만두었을까요?"

여러 질문 끝에 면접이 끝났습니다. 일주일이 지나도 연락이 오지 않아 면접에서 탈락했다고 생각했습니다. 2주가 지났을 때 면접을 한 번 더 봤으면 좋겠다며 연락이 와서 다시 방문했습니다. 두 번째 면접에서는 별로 묻는 이야기가 없었습니다. 저의 얼굴을 보려고 다시 오라고 한 듯했습니다. 당장 내일부터 출근하라고 했습니다. 저는 새롭게 열심히 해보겠다 다짐하고 바로 다음 날부터 출근했습니다.

인수 인계자의 말을 들어보니 이전에 다른 사람이 합격했었다고 합니다. 그 사람이 오지 않겠다고 해서 제가 다시 오게 됐다고 합니다. 그분에게 퇴사의 이유를 물으니 여기 대표와의 성격이 맞지 않는다고 했습니다. 나중에 알게 된 사실이지만 그분과 성격이 맞는 사람은 이 세상에 아무도 없을 것 같았습니다. 젊은 여 대표는 사주와 점을 맹신했는데, 제가 면접 본 사람 중 두 번째로 본인과 궁합이 잘 맞아 합격했다고 합니다. 성당을 오래 다닌 저로서는 그분의 성향을 별로 개의치 않았습니다. 제 생각이 아닌 대표의 생각이니 상관없다고 생각했지요. 이런저런 사유를 따질 겨를 없이 경제활동을 빨리 시작하는 것이 시급했습니다. 그러나 시간이 지나면서 생각이 조금씩 바뀌었지요. 어떤 날은 출근하면 책상 밑에 큰 부적이 붙어 있었고, 어떤 날은 팥과 소금이 구석진 자리에서 발견되기도 했습니다. 대표의 믿음은 점점 커졌고 대범해졌습니다.

실내장식회사의 일은 처음이라 배워야 하는 업무가 많았습니다. 일반 회계와 건설 회계는 생각보다 매우 달랐습니다. 본사 업무에 현장을 관리하니 뭐가 뭔지 하나도 몰랐습니다. 엑셀 프로그램으로 된 견적서도 내용을 모르는데 쓰라는 대로 수식을 넣고 합계를 내니 뭔가 그럴싸했습니다. 그때만 해도 회계 프로그램이 상용화되지 않을 때라 엑셀로 거의 모든 서류작업을 했습니다. 문제는 업체 공사 대금 결제에서 발생했습니다. 회사에서는 자재 대금이나 인건비를 지급해야 하는데 대금의 수금 시기와 일정이 맞지 않았습니다. 돈을 수금해서 대금 결제를 해줘야만 했는데 수금이 어려웠습니다. 돈을 받아야 하는 상황에서 못 받으니 업체들은 하루가 멀다하고 매일 사무실로 전화했습니다. 결정권이 없어 아무 대답도 해줄 수 없는 저는 매일 욕을 먹을 수밖에 없었습니다.

대표실의 바로 앞에는 저의 자리가 있었습니다. 돈을 관리하는 관리부는 결재 받을 일이 많아서 가깝게 배치되어 있었습니다. 예쁜 외모와 다르게 여 대표의 성격은 급하고 불같았습니다. 금방 시킨 일을 5분도 채 지나지 않아 빨리해 오라며 재촉하는 일이 다반사였습니다.

"지금! 당장! 빨리! 가지고 와!"

반복적으로 듣던 소리였습니다. 가슴이 두근거리고 뭐든 빨리빨리 해내야만 했습니다. 그때 생긴 조급증은 지금까지도 남아 있습니다. 결재 서류를 올리면 빨간색 펜으로 금액을 긋고 돈을 깎았습니다. 저는 그 행위(네고)가 제일 싫었습니다. 업체에 전화해서 대표가 금액을 깎자 했다며 전화를 돌려야 했기 때문입니다. 거래처들은 금액을 빨리 받기 위해 울며 겨자 먹기로 금액을 깎아줬고, 깎아주면 깎아줄수록 다음 결제 때에는 더 적은 금액을 받게 되었습니다. 나중에는 우리 회사와 거래를 하지 않겠다는 협력사가 늘어나기도 했습니다.

감정 기복이 심한 대표는 병원에 다녀오며 들어오는 입구에서부터 약을 사 오라며 본인의 처방전을 주기도 했고, 스타킹을 사 오라며 동전 한 보따리를 주기도 했습니다. 엘리베이터가 버젓이 있는 건물 6층에서 1층까지 서류를 가지고 뛰어오라 했으며, 다리를 벌리고 앉는다며 버럭 소리를 지르기도 했습니다. 숨 쉬는 것 빼고는 거의 지적당할 일들뿐이었습니다. 출근하면 숨이 턱턱 막혔습니다. 도저히 견딜 수 없어 회사를 그만두겠다고 하면, 봉투에 두꺼운 부적을 꼬깃꼬깃하게 넣어 지갑에 가지고 다니라며 주었습니다.

처음엔 그것이 저에 관한 관심과 본인 나름의 애정 표현이라고 생각했었습니다. 서른 살 초반의 여성이 험한 남성들과 함께 실내장식 업계에서 회사를 이끌고 간다는 것이 얼마나 힘들까 안쓰러웠습니다. 의지할 곳이 없는 것 같아서, 저라도 도움이 되고 싶었습니다.

"이 부적이 얼마짜리인 줄 아니? 지갑에 잘 넣어서 다녀. 너한테 엄청 좋은 거야."

'차라리 돈으로 주지.'

그렇게 3년, 4년이 흐르면서 흐르면서 저도 모르게 불안한 대표와 비슷하게 닮아가고 있었나 봅니다. 돈을 벌려면 어쩔 수 없는 상황이라 생각하고 적응하며 지냈습니다. 저는 협력사 사람들과 싸우기도 하고 욕을 먹으면 다시 욕으로 대응하는 사람으로 변해 있었습니다. 한 거래처 사장의 말이 아직도 생생하게 기억이 납니다.

"네가 지금 큰소리치면서 일을 잘하고 있는 것 같지만, 언제까지 그렇게 하는지 내가 두고 볼 거야! 인생 그렇게 사는 거 아니다!"

쌍욕을 들어가면서 스트레스는 점점 쌓였고 몸이 SOS 신호를 보내기 시작했습니다. 두통약을 책상 위에 두고 살았으며, 몸의 여기저기에서 아프다는 신호를 보냈습니다. 약으로 버티는 상황을 계속 무시하자 몸은 스스로 '일할 수 없는 몸'으로 만들고 말았습니다.

'건강을 잃으면 모든 것을 잃는다.'라는 말이 있습니다. 인생에서 제일 중요한 것은 건강이요, 건강해야 무엇이든 할 수 있습니다. 당장 먹고사는 일에 급급해서 아픈 몸을 모른 척 내버려 뒀습니다. 지금 그때로 다시 돌아갈 수 있다면, 저는 월급이 아니라 저의 건강을 챙길 것입니다. 건강을 잃으면 회복되기 어렵다는 것을 그때는 잘 몰랐습니다.

지금도 스트레스만 받으면 나타나는 어지럼증과 공황장애 증상은 그때부터 시작되었습니다. 돈은 언제든 다시 벌 수 있지만 한번 잃은 건강은 다시 돌이킬 수 없습니다. 이 세상에 건강보다 소중한 것은 없습니다. 여러분의 몸과 마음을 소중하게 아끼며 살아가셔야 합니다.

건강은 두려움에 대항해 싸울 수 있는 힘을 주고,
어떤 확증이나 보수 없이도 모험을 걸 수 있게 한다.

- 레오 버스카글리아

감정, 억누르면 폭발한다

대표의 짜증 섞인 목소리가 들릴 때마다 심장이 두근거렸습니다. 오늘은 또 무슨 일이 일어날까 전혀 예측할 수가 없었습니다. 직원들은 모두 대표의 눈치만 보고 있습니다. 화풀이의 대상이 자신이 되지 않기 위해 분위기를 살핍니다. 잘못 걸리면 끝입니다! 그렇게 긴장되는 날들이 반복되었습니다. 이날도 저는 결제 재촉 전화로 업체에서 욕을 먹고 있었습니다. 돈을 주지 않는 건 회사인데 전화를 받는 건 직원이니 분풀이라도 해야겠다는 생각이었던 것 같습니다.

"사장님, 그래도 말씀이 심하시네요. 욕은 하지 마세요!"

몇십 분 후 거래 업체 사장이 사무실로 찾아왔습니다. 자신이 저에게 한 폭언은 생각하지도 않고 제가 기분 나쁘게 말했다며 쫓아왔습니다. 업체 사장은 회사 입구에 들어서자마자 고래고래 고함을 질렀습니다. 저에게 소리를 지른다기보다 대표 들으란 듯이 소리쳤지요.

"결제도 제날짜에 하지도 않으면서 어디다 대고 큰소리를 치는 거야? 일을 시켰으면 돈을 줘야 할 거 아니야!"

방에 앉아 있던 대표가 부리나케 쫓아 나왔습니다.

"임 과장, 무슨 일이야? 빨리 사장님께 죄송하다고 사과드려!"

기가 찼습니다. 돈을 주지 않는 책임은 대표에게 있는 것이 아닙니까? 제가 본인을 대신해 욕을 먹는다는 것은 온 직원들이 아는 사실이었습니다. 혈압이 올랐습니다. 머리가 띵하며 정신을 잃을 것 같았습니다. 억울함에 눈물이 쏟아졌지요. 몸과 손이 부들부들 떨렸습니다. 핸드폰만 들고 일단 밖으로 나갔습니다. 회사 근처 커피숍에서 혼자 한참을 앉아 있었습니다. 안정이 필요했습니다. 대표는 당장 사무실로 들어오라며 전화했습니다. 차마 발길이 떨어지지 않았지만, 화를 누그러뜨리고 사무실로 향했습니다.

'더는 이렇게 스트레스 받으며 일하기 싫다!'

몇 번이고 생각했습니다. 하지만 목구멍이 포도청이라 그만둘 수도 없는 노릇이었습니다. 업무 스트레스가 심하다는 제 말에 엄마가 늘 하던 말이 있습니다.

"내 간을 다 빼줘야 돈을 버는 거야. 돈이 그렇게 쉽게 벌리관데?"

어딜 가나 돈 버는 일이 어려운 건 알지만, 마음이 힘들다 보니 때려치우고 싶다는 생각만 들었습니다. 그래도 당장 회사를 그만둘 수 없으니 조금만 더 버텨보자 백번 다짐하고 사무실에 들어갔습니다.

대표는 저를 보자마자 소리부터 질렀습니다. 예민한 대표의 심기가 무척이나 불편해 보였습니다. 짜증 섞인 말을 듣자니 얼굴이 울긋불긋해지고 혈압이 올라 뒷골이 당겼습니다. 눈앞이 핑 돌며 어지러웠습니다.

'그래, 그만두자!'

생각과 동시에 사무실에는 대표보다 더 큰 저의 목소리가 쩌렁쩌렁 울려 퍼졌습니다. 그동안 참았던 울분을 토하듯 짐승처럼 소리를 질렀습니다. 사실 속으로는 저도 깜짝 놀랐습니다.

"내가 누구 때문에 이렇게 욕을 먹는데, 잘못했다고 얘기하라는 소리가 나와요?"

"그래도 네가 내 녹을 먹고 사는 사람인데, 대표인 나한테 직원이 이렇게 소리를 지를 수 있는 거니?"

사무실에 있던 직원들이 모두 놀라 대표실로 몰려들었습니다. 다른 부서 직원이 진정하라며 저를 밖으로 끌고 나갔고, 그길로 가방을 싸서 집으로 갔습니다. 앞으로 두 번 다시는 이 회사에 오지 않겠다고 결심했습니다. 업체 사람들에게 말도 안 되는 욕을 먹고, 남몰래 화장실에서 울던 일과 걸핏하면 신경질적이고 짜증을 내는 대표의 모습이 파노라마처럼 스쳐 지나갔습니다. 그동안 마음을 졸이며 살아온 시간이 너무 억울했습니다. 더는 이 지긋지긋한 일을 하지 않겠노라고 다짐했습니다.

회사에서 여러 통의 전화가 왔지만 받지 않았습니다. 누구와도 얘기하고 싶지 않았고 그 회사와의 인연은 여기까지라며 끊어버리고 싶었습니다. 전화를 계속 받지 않으면, 집으로 사람을 보내겠다는 대표의 최후통첩 같은 문자가 왔습니다. 그러나 저는 전혀 무섭지 않았습니다. 하지만 '남의 돈을 버는 일은 당연히 힘든 것'이라며 회사에 다시 나가라는 엄마가 제일 무서웠습니다. 엄마는 몸이 힘든 건 알아도 마음 힘든 것은 모르는 옛날 사람이었습니다.

이미 몸과 마음이 지쳤는데, 제 마음을 몰라주는 엄마가 너무 야속했습니다. 말이라도 이해한다며 한마디라도 위로해주었더라면 좋았을 것을. 엄마는 제가 돈을 벌지 않는다는 단순한 생각만 하는 것만 같았습니다. 이런 사실이 서럽기도 했습니다. 다만 경제적으로 생활이 힘들어지는 것은 저도 두렵기 마찬가지였습니다. 엄마의 나이는 일흔을 향해 달려가고 있었고 이제는 제가 엄마를 부양해야 한다는 생각을 늘 하고 있었습니다. 생각하고 정리할 시간이 필요했습니다.

'돈만 생각하자.'

다음 날, 저는 도살장에 끌려가는 심정으로 출근하고 말았습니다.

출근해서 제일 먼저 대표에게 사과했습니다. 제가 다시 출근한 이상, 회사를 그만두지 않을 이상, 무조건 저의 잘못으로 끝내야 하는 것을 알았습니다. 저와 8살 차이의 여 대표는 갑이었고, 저는 철저히 을이었습니다. 대표는 한 번은 봐주지만 두 번 다시는 절대 용서하지 않겠다고 말했습니다.

사회생활은 그런 것이었습니다. 그날 이후, 저는 업체 사람들 사이에서 '드센 여 대표에게 소리를 지른 간땡이 큰 직원'으로 소문이 났습니다. 그리고 불행인지 다행인지 협력사 사람들의 욕설은 하소연으로 점차 바뀌어갔습니다.

사람은 적응의 동물이라 했습니다. 저는 힘든 환경 속에 적응하면서 '완전 다른 사람 같다'라는 말까지 들어봤습니다. 자신을 잃어버리면서까지 해야만 하는 중요한 일은 무엇일까요? 분명 그런 경험이 저에게 준 교훈이 있을 것입니다. 아마도 무엇보다 '나 자신이 제일 중요하다'라는 것이겠지요. 그때의 저에게 고생 많았다! 대단하다! 말해주고 싶습니다. '내가 나를 지키지 않으면 아무도 나를 지켜주지 못한다.'라는 사실을 마음

속에 새겨봅니다. 힘들어도 자신만은 포기하지 않고, 스스로 지켜낼 힘
을 길러야 합니다.

가장 중요한 것은
스스로를 지키는 것이다.

- 플라톤

가족, 나를 버티게 하는 존재

"혹시 합석할 수 있을까요?"

머리가 짧아 조폭인 줄 알았습니다. 그 옆에 있는 남자는 제법 잘생겼습니다. 경화와 저는 눈빛을 주고받았습니다. 이런 술집에서 처음 보는 남자들과 어울릴 수는 없었습니다. 우리는 그렇게 쉬운 여자가 아니었기 때문에 단호하게 거절했습니다. 절대로! 절대로! 합석은 안 합니다.

"뭐 하시는 분이세요?"

눈 깜짝할 사이에 우리 테이블로 온 두 남자는 말을 걸었습니다. 조폭은 휴가 중인 군인이었고, 잘생긴 남자는 그의 사촌 동생이었습니다. 잘생긴 동생 탓에 우리는 '쉬운 여자'가 되고 말았습니다. 한두 시간 수다를 떨고 삐삐 번호를 교환했지요. 나중에 연락이 진짜로 올지는 몰랐습니다.

열아홉 살 때 버스회사의 업무시간은 아침 아홉 시부터 다음 날 아침 아홉 시까지, 격일제 근무였습니다. 버스 기사가 돈통을 들고 오면 바구니에 어느 정도 쌓아놨다가 한꺼번에 몰아서 정리했습니다. 생각보다 낮에는 한산합니다. 한 살 터울의 직장 상사 언니는 매일 다이어리를 정리하고 또 정리했지요. 지금 생각하면 그때 책을 읽었으면 얼마나 좋았을까? 하는 생각에 너무 아쉽습니다. 무료한 시간에 삐삐 호출이 왔고, 공중전화로 가서 확인해보니 그 군인 아저씨였습니다! 언니에게 휴일에 일어난 상황들을 설명해주었습니다. 언니는 '심심한데 펜팔이나 할까?' 하며 소개해달라고 했고, 저는 그 둘을 연결해주었습니다.

언니는 쉬는 시간마다 편지를 썼고 저는 같이 놀 상대를 뺏겼습니다. 생각보다 연락도 자주 주고받으며 즐거워 보였지요. 당시는 핸드폰이 없었고 이메일도 없었던 시대였습니다. 부서에 TV가 있었지만, 나이 든 주임상사의 차지였고 저는 무료했습니다. 청소도 하고 다이어리도 정리했습니다. 언니와 주로 이야기하며 지냈던 시간을 군인 아저씨에게 내어주니 심심했습니다.

즐거워 보이는 언니를 따라 저도 펜팔이란 것을 해보고 싶었습니다. 군인 아저씨가 착한 사람을 소개해주겠다고 했습니다. 그때 소개받았던 펜팔 군인 아저씨가 지금의 남편입니다. 일 년 정도 편지를 주고받고 사진도 교환했지요. 삐삐에 음성을 남기고 전화 통화를 하기도 했습니다. 언니와 딱 한 번 인천에 있는 해양경찰청에 김밥을 싸 들고 간 적이 있습니다. 아주 먼발치에서 본 군인 아저씨의 얼굴은 잘 보이지도 않았지요. 인천으로 소풍 가는 딸에게 새벽부터 엄마가 정성스럽게 싸주었던 김밥을 군인 아저씨에게 모두 전해주고 돌아왔습니다.

그 후, 시간이 지나면서 소식이 뜸해졌지만 둘 중 한 명이 힘들 땐 연락이 됐습니다. 편안하고 별일이 없을 땐 연락하지 않다가 힘들고 어려울 때만 서로 연락하는 사이가 됐습니다. 생각해보면 힘들어도 의지할 곳이 없던 사람들이라 그랬던 것 같습니다. 서로 위로해주며 친해졌습니다.

5년을 넘게 좋아하던 친구가 있었습니다. 대차게 여러 번 차였지만 포기하지 않았습니다. 친구로는 좋지만, 이성으로는 느껴지지 않는다고 거절당했습니다. 친구로서 만나는 것만으로도 좋았습니다. 자존심이고 뭐고 울며불며 매달려봤지만 소용없었습니다. 나중엔 제가 정말 좋아하는 것인지, 집착인 건지 모를 정도였습니다. 제 마음을 받아주지 않는 걸 뻔히 알면서도 백번 고백하고 백번 차였습니다. 어쩌면 거절당하는 것을 즐기는 변태였을지도 모릅니다. 저는 어차피 버림받은 아이라며 스스로 벌을 주고 있었는지도 모르겠습니다. 몇 년간 힘들어하는 저를 보며 경주 언니가 충고했습니다.

"여자는 자기가 좋아하는 사람 말고, 좋아해주는 사람을 만나야 행복하대."

사랑받고 싶었습니다. 평생 저를 좋아해줄 착한 남편이었습니다. 거짓말하지 않고 성실한 사람이라 믿음이 갔습니다. 그래서 1년간 연애하고 결혼했습니다. 혼자서 가장으로 여러 해 일해보니, 누군가 옆에 있어 준다는 것 자체가 든든해서 좋았습니다. 결혼 후 임신하게 되어 아이를 낳기 직전까지 S 실내장식회사에서 근무했습니다. 출산일 10일을 남겨두고 육아휴직을 했고 예쁜 딸아이 한 명을 얻었습니다. 이제는 그 딸아이가 저를 살게 합니다. 대학 병원에서 태어난 딸을 보며 간호사들이 '이렇게 예쁜 아이는 처음 봐요!'라며 떠들썩했습니다. 하지만 다음 날부터는 '아침부터 저녁까지 우는 아이'로 더 유명해졌습니다. 예민한 상사를 모시느라 늘 눈치를 봐야 했고, 태교는커녕 마음 편히 지내지 못했기 때문에 예민한 아이가 태어난 건 아닌지 미안했습니다.

딸이 태어나서부터 열일곱 살이 되는 지금까지도 일하는 엄마로 살고 있습니다. 경제적인 부담을 남편에게만 지울 수 없었습니다. 또 아이가 저처럼 부족한 환경에서 자라지 않기를 바랐습니다. 그래서 더 열심히 직장생활을 했습니다. 그래도 같이 있어주지 못해 늘 미안했습니다. 출근 때마다 엄마가 돌아오지 않을까 대성통곡하는 아이를 떼어놓고 출근할 때는, 가슴 한쪽이 아려오기도 눈물이 나기도 했습니다. 엄마와의 시간이 부족했던 딸아이는 마음이 아팠습니다. 유아 때 말이 느려 언어 치료를 받고, 친구들과 소통 문제로 놀이 치료도 받았습니다. 초등학교 때는 ADHD 진단을 받고 심리 치료를 했습니다. 아이가 아픈데 일을 그만해야 하나? 고민하기도 했지만 그럴수록 돈은 더 필요했습니다. 딸아이는 중학교 2학년 때부터 질풍노도의 시기를 보내고 있습니다. 최근 일하는 시간을 줄이고 대화하는 시간을 늘리면서 아이가 전보다 안정을 찾았지만, 종종 심한 갈등이 일어나기도 합니다. 그래도 함께하는 시간이 늘어나면서 서먹했던 딸과의 관계가 많이 발전하였습니다.

딸은 어린 나! 입니다. 딸이 성장하는 모습을 보며 저의 어린 시절 생각이 많이 났습니다. 부모가 돼봐야 부모 마음을 안다는 말이 왜 생겨났는지 알 것 같았습니다. 엄마가 되어보니 엄마의 마음을 조금이나마 이해하게 되었습니다. 잔소리로만 알았던 그 모든 말들이 걱정과 사랑이었다는 것을 깊이 깨닫습니다.

당장 먹고사는 일이 급급해 인생에서 정말 중요한 우선순위가 무엇인지 잊을 때가 있습니다. 분명 돈보다 중요한 일인데 무심코 지나칠 때가 있지요. 아이의 마음이 아플 때, 같이 있어주지 못한 저를 원망했습니다.

가족이 먼저, 사람이 먼저라는 사실을 알면서도 챙기지 못했습니다. 지금까지 저를 가장 큰 힘으로 버티게 해준 것은, 바로 가족이었습니다. 바쁘다고 가장 소중한 것을 놓치고 사는 것은 아닌지, 늘 생각해봅니다. 삶의 우선순위를 정하고 무엇이 중요한지 놓치지 말고 살아가야 합니다.

사랑은 가장 가까운 사람,
가족을 돌보는 것에서부터 시작된다.

- 마더 테레사

어쨌거나 버티는 게 인내심이다

"지금! 당장! 빨리!"

음계의 '시' 정도쯤 되는 높이로 지르는 듯한 날카로운 목소리를 들으면 아찔했습니다. 늘 성격이 급한 대표와는 심장 두근거림의 연속이었고 회사의 성장과 함께 점점 더 바빠지며 야근이 잦아졌습니다. 매출이 200억을 넘어서자 혼자서는 도저히 감당되지 않아 부하직원도 새로 뽑았습니다. 하지만 대표님의 히스테릭한 성격을 이겨내지 못한 직원들은 줄줄이 퇴사해버렸습니다. 결국, 혼자 남았습니다. 책임자는 저였기에 항상 신경이 곤두섰습니다. 늘 두통과 함께였고 몸이 힘들고 지치면 귀에서 삐~하고 이명 소리가 났습니다. 몇 억이 왔다 갔다 하는 업무에 돈과 관련된 일이라 예민할 수밖에 없는 환경이었습니다. 책상 위에는 항상 두통약을 두고 지냈습니다.

물속에 들어간 것처럼 귀가 먹먹했습니다. 갑자기 천장과 사무실 전체가 놀이 기구처럼 빙글빙글 돌았고 몸을 가눌 수가 없었습니다. 심장은 쿵쾅쿵쾅 식은땀이 줄줄 흘러내렸습니다. 이러다 곧 죽을 것만 같았습니다. 사무실에서 뛰쳐나가 택시를 타고 응급실로 향했습니다. 혈압이 158로 높았습니다. 증상을 말하고 CT를 찍었습니다. 결과상으로는 별 특이한 이상은 없다고 했습니다. 집으로 가서 쉬었다가 다음 날 다시 출근했고 며칠 후 같은 증상이 반복됐습니다. 몸은 아픈데 이상이 없다니 미칠 노릇이었습니다.

아파도 회사에서 버티는 것이 답이라 생각했습니다. 어지럼증이 오면 금방이라도 죽을 것 같은 공포 때문에 일을 할 수 없었고 증상이 나타나면 스프링처럼 튀어 응급실로 갔습니다. 선생님의 권유로 이비인후과 검사도 받고 정신과도 갔습니다. 진단명은 메니에르병. 발작성 어지럼증은 저를 아무것도 할 수 없게 만들었습니다. 약 먹는 기간이 길어지고 심한 두려움에 우울증까지 겹쳤습니다. 정신과에서 800문항 넘는 진단 문항을 풀었고 우울증과 공황장애를 진단받았습니다. 총체적 난국이었습니다. 신체적 정신적으로 몹시 불안정한 상태가 되었습니다. 마음에서 생긴 병은 몸까지 침범했습니다.

　햇수로 7년, 만으로 5년이 넘는 시간이었습니다. 7번의 결산을 하고 세무조사도 한 번 받았습니다. 업계의 평균 이직률을 생각했을 때 절대 짧은 시간은 아니었습니다. S 실내장식회사에서 결혼했고 아이도 출산했습니다. 첫 실내장식회사였고 새롭게 일도 많이 배웠습니다. 나중에 알게 된 사실이지만 이 회사는 계통에서 제일 힘든 회사로 손꼽히는 3개의 회사 중, 한 곳이었습니다. 일이 힘든 건 참아도 사람이 힘든 건 못 참는다고 했습니다. S 실내장식회사에서는 평균 1년을 견디지 못하고 이직하는 사람이 많았습니다. 이곳에서 인정받으면 어디에서든 능력 있는 사람이라고 생각할 것 같았습니다. 저는 능력을 키우고 싶은 욕심에 힘들어도 견뎌내며 스스로 자랑스럽게 생각하기도 했습니다.

　'나 이렇게 힘든 곳에서도 인정받는 일 잘하는 사람이야!'

　주임으로 입사해서 과장까지 고단한 과정이었습니다. 세무조사를 받느라 회사에서 혼자 며칠 밤을 새운 적도 있었습니다. 너무 피곤해서 몸은 저릿저릿한 느낌마저 드는데 집에는 갈 수 없었습니다. 혼자 하던 업무였기 때문에 도와줄 사람이 아무도 없었습니다. 대표가 고생한다며, 사다 준 비타민C와 피로 회복제로 2주를 버텨냈습니다. 국세청 조사가 끝날 때까지는 안심할 수 없었습니다. 세금이 억 단위일지 천 단위일지 알 수가 없는 상황에서 차마 손 놓고 가만히 있을 수는 없었습니다. 최선을 다해서 세무사 사무실과 머리를 맞대고 해명자료를 만들었습니다. 그놈의 자존심 때문이었습니다. 저의 경력에 상처를 낼 수 없었습니다. 세무조사가 성공적으로 끝난 후, 저는 처음으로 고생했다며 첫 보너스를 받게 되었습니다.

인내심을 키우는 법, 따로 방법은 없었습니다. 어찌 되었건 견뎌내고 끝까지 버티면 인내심은 강해집니다. 결혼하고 아이가 생기고 부양가족이 늘어났습니다. 먹고살려면 어쩔 수 없이 해야만 하는 일이라고 생각했습니다. 돈을 벌어야 한다는 생각에 아이를 출산하고 한 달 만에 회사로 돌아왔습니다. 공석이 길어지면 곤란하다는 대표의 말 때문이었습니다. 돈 때문에 겪었던 서글픈 기억을 다시는 돌이키고 싶지 않았고, 돈이 없어 불편한 생활을 하고 싶지 않았습니다. 또 아이에게 가난한 삶을 대물림하지 않겠다는 강렬한 욕구가 있었기 때문에 힘들어도 버텨야 한다는 생각만 했습니다. 뒤로 물러날 곳 없다고 생각하니 전진할 수밖에 없었습니다.

드라마 〈미생〉에서 체력을 강조하는 말이 나옵니다.

"체력이 약하면 빨리 편안함을 찾게 되고 인내심이 떨어지고 피로감을 견디지 못하면 승부 따위는 상관없는 지경에 이른다."

몸과 마음이 지친 것을 모른 척하고, 물질적인 것을 놓지 못했습니다. 약에 의존해서 지내는 기간이 늘어났고 약의 개수도 늘어났습니다. 스트레스를 먹는 것으로 풀게 되니 몸은 불어났고 무거운 몸은 점점 더 약해졌습니다. 건강 상태가 상당히 나빠졌습니다. 약을 먹어도 몸이 계속 아프니 하고 싶어도 일을 할 수 없는 상황이 되었습니다.

소중한 사람을 지키기 위해서라도 건강을 먼저 챙겨야 합니다. 무엇인가를 이루려면 인내심이 가장 중요하다는 걸 알지만, 건강을 잃으면 인내심에도 한계가 생깁니다.

저는 딸이자 아내이자 엄마입니다. 소중한 사람을 지키기 위해서도 앞으로 나가야만 합니다. 무엇인가를 이루려면 지구력이 중요합니다. 건강이 뒷받침돼야 괴로움이나 어려움을 참고 견디는 능력을 발휘할 수 있습니다. 그 이외의 일은 결심이나 강단이 없이도 이유 막론하고 포기하지만 않는다면 됩니다. 인내심은 건강과 포기하지 않는 마음에서 나옵니다.

인내심을 기르기란 무척 힘들다. 그러나
인내하는 사람에게는 해탈의 순간이 찾아온다.

- 부처

오늘도 굳세게 살아간다

제3장

감춰진 진실, 단 하나라도 찾기

24살 때, 아빠가 돌아가셨습니다. 아빠와 눈을 맞추고 대화한 게 언제 인지 기억이 가물가물했습니다. 아빠의 몸은 차고 경직되었습니다. 팔과 다리를 주무르는데 눈물이 멈추지 않았습니다. 용기 내 아빠의 얼굴을 살펴보았습니다. 마치 실눈을 뜨고 있는 듯한 아빠는 살아 있는 것 같았 습니다. 돌아가셨다는 것이 믿기지 않았습니다.

아빠에게 구박받으며 지내던 시간이 저에게 한과 원망으로 쌓였습니다. 아빠는 저를 싫어했고 그런 아빠를 미워했습니다. 어릴 때부터 사소한 일로 혼나기를 반복했었고 시선 한번 곱게 주지 않았습니다. 살면서 아빠만큼 나를 미워하는 사람이 또 있을까 생각할 정도였습니다. 눈이라도 마주치면 도망가기 바빴습니다. 남보다 못한 사이였습니다.

중학교 1학년 때, 아빠가 시끄럽다고 소리를 지르며 슬리퍼로 성가대 친구의 등을 후려쳤습니다. 성당 친구들과 옥탑방에서 놀고 있었는데, 순식간에 일어난 일이었습니다. 친구들에게 창피하고 속상해서 어찌할 바를 몰랐습니다. 저는 그때부터 마음속으로 아빠와의 인연을 끊었습니다.

학교에 진학한다는 이유로 한 달 내내 엄마에게 폭언과 폭행을 일삼았습니다. 평온할 날이 없었습니다. 중학교 때도 그러더니 고등학교 때 역시 마찬가지였습니다. 남의 집 파출부나 보내지 무슨 공부를 시키냐 했던 모진 말들과 폭력적인 행동들은 제 마음에 큰 상처로 남았습니다. 한 집에 살면서 저를 위해 십원 한 장 보태준 적 없었습니다. 학비와 차비를 대주고 도시락을 싸고 저를 위한 모든 일은 모두 엄마의 차지였습니다. 저는 엄마를 붙잡기 위한 어쩔 수 없는 짐 덩어리에 불과하다는 걸 알고 있었기에 아빠 보기가 불편했습니다.

동네방네 우리 집의 싸우는 소리가 크게 나던 날, 아빠는 여지없이 엄마의 팔을 잡아 비틀었고, 그것을 본 저는 눈이 뒤집혔습니다. 저는 제법 덩치가 커졌고 엄마를 괴롭히는 아빠를 더는 가만히 보고만 있을 수 없었습니다. 엄마를 도와야겠다는 생각에 아빠의 팔을 힘껏 후려쳤습니다. 이젠 힘으로도 지지 않을 나이가 됐고, 더는 두고 보지 않겠다! 일종의 경고이기도 했습니다.

구급차를 타고 아빠 고향인 군산에 도착했습니다. 오빠라는 사람이 나와 장례 절차의 모든 것을 준비했습니다. 많은 사람이 오갔지만, 엄마와 저는 그곳에서 이방인이었습니다. 그들은 아빠의 비위를 맞출 수 없고 부양하지 못해, 엄마에게 아빠를 부탁한 사람들이었습니다. 몇몇 가까운 친척들만 엄마와 저를 알아보았지만, 우리에게 별 관심도 없고 아는 척도 하지 않았습니다.

향년 89세. 그래도 오래 아프지 않고 돌아가셨다며 친척들은 안도했습니다. 대성통곡하는 사람은 엄마뿐이었습니다. 아빠에게 그렇게 폭력을 당하며 살았는데 눈물이 나오나? 그렇게 슬픈가? 이상했습니다. 미운 정이 무섭다더니 엄마도 그랬나 봅니다.

저는 장례식장에서나 장지에서도 이상하리만큼 눈물이 나지 않았습니다. 아빠가 땅에 묻히는 것을 두 눈으로 보면서도 믿기지 않았고 실감나지 않았습니다.

대여섯 살, 남산공원 분수대 앞에서 아빠와 오징어 땅콩 먹던 기억이 났습니다. 유일하게 둘이 지냈던 평화로운 시간이었습니다. 저는 과자만 먹고 땅콩은 뱉어냈습니다. 그 땅콩은 다시 아빠의 입속으로 들어갔습니다. 심심하다고 하면 버스를 타고 남산에 가서 하루 한 개의 과자로 무료함을 달랬습니다. 분수대 물줄기를 보며 더위를 식히고 동물원에서 악취가 나는 원숭이와 공작새를 봤던 기억이 났습니다. 오징어 땅콩을 먹을지 빵빠레를 먹을지 고민하는 저를 지켜보던 아빠가 그림처럼 그려졌습니다.

중학교 1학년 장마 때였습니다. 비 소식이 없었는데 폭탄 같은 비가 왔습니다. 보광동 종점은 배수가 되지 않아 물바다가 되었고 걱정된 엄마와 아빠는 우산을 들고 먼 거리 학교까지 걸어왔습니다.
"주아야~ 할아버지 할머니 오셨어!"
순간 너무 당황한 나머지 저는 도망을 쳤습니다. 그렇게까지 할 일은 아니었는데 예민한 사춘기 시절이라 너무도 창피했습니다. 저를 기다리던 부모님을 뒤로하고 앞질러 뛰어갔습니다. 뒤에서 저의 이름을 부르던 아빠가 생각납니다. 거리를 두고 집까지 걸어갔습니다. 꽤 멀었던 길을 걸어온 두 노인의 수고를 철없던 저는 무시하고 말았습니다.

산에 가서 아빠를 묻고 왔습니다. 떠나고 나면 잘못한 일만 기억이 난

다더니 저 역시 그랬습니다. 아빠에게 저는 아무런 존재가 아니다 생각했지만, 자세히 들여다보니 꼭 그렇지만은 않았습니다. 장례 후 집에 돌아와 한 달 동안은 목구멍에 밥알이 걸려 넘어가지 않았습니다. 그래도 먹여주고 재워주고 은혜를 입었습니다.

생각해보니 추억이라면 나름의 추억도 있었습니다. 매일 싸우고 아빠를 미워한 기억만 생각나서 잠이 오지 않았습니다. 제가 차갑게 대했을 때 아빠의 멋쩍은 표정이 자꾸만 떠올랐습니다. 살갑지 않았지만, 아빠라 부르고 딸이라 지냈습니다. 아빠가 있다는 존재만으로도 힘이 되었다는 것을 미처 몰랐습니다.

'조금 더 잘해줄걸. 조금만 더 살갑게 할걸. 미안해 아빠.'

기도하는 마음으로 자꾸 되뇌었습니다. 아파서 혼자 누워 외롭게 돌아가셨을 아빠를 생각하니 가슴 아팠습니다. 미안했습니다.

감정에 사로잡혀 있을 때는 마음을 자세히 들여다보기가 어렵습니다. 괴로운 일이 있을 때 한 발 떨어져 객관적으로 볼 수 있는 지혜가 필요합니다. 불편한 관계에서는 감정이 우선시될 수밖에 없지요. 감정은 자제하고 이성적인 눈으로 볼 수 있는 다른 면을 찾으려 노력해보세요. 불편한 관계일수록 더욱 세밀한 관찰이 필요합니다.

제가 아빠를 생각했던 것처럼 스스로 믿고 있는 감정이 100% 진짜인지, 조금이라도 상대방과의 감정이 개선될만한 어떤 작은 일이라도 있었는지 검토해볼 필요가 있습니다. 상대방을 위한 일이 아닌 자신을 위해, 감춰진 작은 진실을 찾아보세요. 조금이나마 불편한 마음이 개선될 수 있습니다.

잔실을 사랑하고
실수를 용서하라.

- 볼테르

나를 지지해주는 사람들

어디선가 친부모가 날 애타게 찾고 있지 않을까? 욕먹고 혼나는 날이면 상상했습니다. 드라마나 영화의 주인공처럼 아름답고 행복한 이야기가 갑자기 짠 하고 펼쳐질 거라고 말입니다. 불행하게 살고 있지만, 진짜 부모님이 날 찾게 된다면 단번에 보상할 거라고, 아무런 근심 걱정 없는 사람이 될 거라고 철없는 희망을 품었습니다. 고달픈 현실을 부정했습니다. 그럴수록 힘들었고, 주변 사람들에게 의지하게 되었습니다.

경화는 저의 이야기를 잘 들어주었습니다. 어떤 상상을 하며 무슨 말을 하든 반대하지 않고, 있는 그대로 받아주었지요. 둘이 있을 때 떠드는 사람은 항상 저였습니다. 제가 상상의 나래를 실컷 펴고 말할 주제가 떨어지면 그제야 자신의 이야기를 했던 친구입니다. 경화는 초등학교 2학년 때 우리 동네로 처음 이사 왔습니다. 빨간색 땡땡이 원피스를 입고 진주 머리띠를 했던 어린 모습으로 기억에 남았습니다. 친구들 사이에서도 유독 수줍음이 많았고 인형처럼 하얗고 예쁜 아이였습니다. 동갑내기에 집이 가깝다는 이유로, 친구가 되기에 충분했던 시절이었습니다. 서로의 만남이 운명적이라 생각했던 우리는 지금까지 38년을 공유하며 잘 지내고 있습니다. 우리는 다니던 초등학교가 달랐었는데, 엄마의 가출로 인해 제가 같은 학교로 전학하게 되면서 더욱 붙어다니게 되었습니다. 학교에서도, 동네에서도, 잠을 자는 시간 외에는 거의 붙어 있었습니다. 초등학교 졸업하기 전까지 4년을 매일 그렇게 지냈습니다. 심지어 방학 때는 경화네 집에서 삼시 세끼를 먹고 잠자며 얹혀살았습니다. 아침부터 밤늦게까지 공기놀이로 천 년, 이천 년을 먼저 이룬 사람에게 딱밤 맞기를 했습니다. 마루 인형 놀이로 출퇴근도 하고 소꿉놀이도 했습니다. 팔찌, 목걸이, 장난감 보석을 방바닥에 깔아놓고 슈퍼마켓 놀이도 했으며, 종이로 써놓은 천 원, 오천 원, 만 원으로 돈 계산도 했지요. 유일하게 카세트가 있던 경화네 집에서 대중가요를 들었습니다. 똥딴지같은 말을 테이프에 녹음하고 들어보며 재미있다고 깔깔대며 배꼽 빠지게 웃었던 일이 생각납니다.

초등학교 동창인 나은이는 중학생이 되면서 더욱 가까워진 친구입니다. 마음속에 있는 말을 주로 표현했습니다. 저의 상황을 누구보다 잘 이해했고, 말하지 않아도 통하는 무엇인가가 있었습니다. 나은이 집에서 주윤발이 나온 비디오 영화를 본 기억이 납니다. 노래를 잘하는 나은이를 성당 성가대에 데려갔습니다. 친구가 오기 전까지는 저는 가장 큰 목소리로 나름 에이스였습니다. 친구 목소리에 저의 목소리가 묻혀버렸고 저는 점점 소심해졌지요. 성가대 단원들이 오래 같이 지낸 나보다 나은이를 좋아하는 것 같아 질투가 생기기도 했습니다. 큰 눈에 이목구비가 또렷한 서구적인 외모를 가진 친구의 인기가 높았습니다. 좋아하는 오빠가 겹쳤고 대화하기를 좋아하는 공통점이 있었습니다. 서로에 대해 깊이 공감하고 희망 가득한 이야기를 자주 나누었습니다.

성당 친구인 안나는 초등학교 동창생이었지만 잘 몰랐던 사이였습니다. 성당에서 만나 친해졌습니다. 성가 연습이 끝나면 단원들과 우르르 안나 집에 몰려가 점심과 간식을 먹고, 주말에는 잠을 자고 오기도 했습니다. 안나 부모님은 학생들이 밖에서 놀 수 있는 공간이 마땅치 않을 걸 아셔서 장소나 음식 지원을 아낌없이 해주었습니다. 딸에게 늘 친구처럼 대해주시던 부모님은 우리에게도 따뜻한 부모님이 되어주었습니다.

또한, 첫 직장에서 만난 경주 언니는 친동생처럼 저를 챙겨주었습니다. 언니 식구들은 저를 막내딸이라 불렀습니다. 언니는 힘들 때마다 현실적인 조언을 아끼지 않았습니다. 속상한 일이 있을 때 내 편이 되어주지만, 따끔한 충고도 아끼지 않았습니다. 저를 믿지 못하는 것도 있지만, 손 하나 까딱하지 못하게 모든 걸 해주려는 엄마 같은 언니기도 합니다.

"사람과 대화할 때는 눈을 보고 해야 해."

성당 성물 사업을 하던 옆집의 영란이 언니도 생각납니다. 인간관계에서 미처 알지 못한 기본적인 것을 알려주었습니다. 사람의 말을 무조건 백 프로 믿지 말아야 한다, 계획을 세우고 공부해야 한다, 말을 할 때는 끝을 얼버무리지 말고 또박또박 말해라 등등 저에게 현실적으로 도움이 되는 말을 자주 해주었습니다.

친구들과 달동네 캄캄한 옥탑방에서 빛나는 남산타워와 한남대교를 바라보며 미래를 상상했습니다. 미래에 대한 희망 사항은 끝도 없이 펼쳐졌습니다. 어른이 되면 건물을 사서 층별로 친구들과 같이 살자는 이야기며, 희망찬 멋진 인생을 각자 그렸습니다. 저는 정장 차림의 전문직 여성이 되어 멋진 자동차를 타고 네모난 서류 가방을 들고 출근하는 모습을 상상했습니다. 경화는 예쁜 가정을 꾸리는 현모양처가 되어 화초를 닦고 있는 모습을 상상했습니다. 나은이 또한 전문직 여성을 꿈꾸며 부자가 될 거라 했습니다. 우울했고 눈물 많은 사춘기 시절, 꿈과 희망의 이야기로 잘 버텨냈습니다.

　사람을 포기하는 일! 저에게는 참으로 어려운 말입니다. 한번 맺은 인연은 웬만해서는 연락 끊어지는 일이 없습니다. 친부모를 놓쳤다고 생각하는 무의식 때문인지 모르겠으나, 알게 된 사람들은 끝까지 연락하려 노력했습니다. 한번 알게 된 사람도 오래도록 연락한다며, 친구들은 '옷깃만 스쳐도 인연'이라는 별명을 지어주었습니다. 직장 동료도 마찬가지입니다. 한번 알게 된 인연은 절대 먼저 연락을 끊지 않고 전화나 문자로 안부를 묻고 지냅니다. 관계가 직장 동료로 시작됐으나 언니, 동생으로 가깝게 지내는 사람들이 많습니다. 제 주변에는 정말 좋은 사람들이 가득합니다. 너무나 감사한 일입니다.

　저는 고향이 어디인지 부모가 누구인지는 모릅니다. 대신 저의 의견과 이야기에 귀 기울여주는 사람들이 곁에 있습니다. 한동네에 산다는 이유만으로도 도움을 주는 이웃 사람들이 있었고, 일로 맺어진 인연들도 많은 도움을 주었습니다. 제가 마음을 열고 손 내밀면 뿌리치는 이들이 아무도 없었습니다. 그들이 있어 저는 오늘도 감사한 하루를 살아가고 있습니다.

　사람들과 부대끼며 살아가는 삶이야말로 아름다운 삶이 아닌가 하는 생각이 듭니다. 완벽하지 않아도 부족함을 채워주고 서로 도와가면서 살아가는 인생, 사람 냄새 풍기며 사는 삶을 너무도 사랑합니다. 현실이 힘들어도 주변 사람들과 함께 이겨내며 삶의 보람을 찾고 살아간다면 그보다 행복한 일이 있을까요? 혼자라고 생각하지 말고, 나를 지지해주는 사람들과 함께 시간을 보내보세요. 한문의 사람 인(人)처럼 사람은 혼자서는 못 삽니다.

함께 있는 시간이 얼마나 오래되었는지가 중요한 게 아니라,
함께 있는 동안 서로가 얼마나 많은 사랑을 주고받았는지가 중요합니다.

- 라이오넬 라고슈

가장 든든한 백그라운드 책

두 번째 직장인 치과 병원에 다니기 전까지는 책이나 공부에 전혀 관심이 없었습니다. 치과의 박인출 대표 원장님은 『환자도 고객이다』 책을 냈고 그 감상문을 작성하면서 저의 독서 생활이 시작되었습니다. 아는 사람이 책을 낸다는 것 자체가 처음이라 신기했습니다. 그때가 교과서 이외의 첫 독서이기도 할 만큼 책에 관심이 없었습니다. 치과 마케팅 관련된 책이었지만, 인생 교훈이 담겨 있는 이야기들도 있었습니다. 이후 병원에서 한 달에 한 권의 책을 읽고 감상문을 내야 하는 과제를 받으면서 독서의 재미를 알게 되었습니다. 그러다 병원을 그만두며 한동안 책을 읽지 않았는데 우연히 라디오에서 '책이 선생이다.'라는 말을 들었습니다. 진지하게 조언을 구할 어른이 주변에 없었고 전문가를 찾고 싶었던 저에게 책은 많은 도움이 되어주었습니다.

구본형의 『익숙한 것들과의 결별』을 통해 변화와 앞으로의 비전에 대해 생각해보는 계기가 되었습니다. 혼자 제자리걸음으로 사는 것 같았습니다. 긍정적으로 변화해야 성장할 수 있다는 글을 읽고 다른 사람들은 어떻게 사는지 궁금해서 자기 계발 관련 서적을 읽기 시작했습니다. 그때 시작한 독서는 지금까지 이어지고 있습니다. 많은 책을 읽으려고 무리하지 않습니다. 읽고 싶을 때마다, 마음이 힘들 때마다 읽습니다. 20대의 해야 할 일, 30대가 알아야 할 일, 40대에 도움이 되는 책을 읽으며 다른 사람들의 삶을 관찰하고 '나는 잘 살고 있는가?'에 대해 체크해보기도 했습니다. 올바른 방향으로 잘 살고 있는지 책을 보며 반성하기도 마음을 다잡기도 했지요.

무기력에 빠져 아무것도 하기 싫었을 때 읽었던 책은 게리 켈러, 제이 파파산의 『원씽』입니다. 해야 할 일은 많고 하고 싶지는 않고 어떻게 해야 하나 걱정만 했습니다. 어느 순간부터 고민이 생기면 서점에 가곤 했습니다. 책 쇼핑 갔다가 발견했습니다. 인생에서 중요한 한 가지를 찾고 그것을 이루어 나가는 과정과 자기관리의 방법을 안내해주었습니다. 큰 목표를 작은 한 가지부터 시작해 도미노 형식으로 크게 이루어나가라는 내용이었습니다. 이 책을 읽고 조금이나마 무기력에서 탈출할 수 있었습니다. 인생의 목표라고 하면 거창하게만 느껴졌지만 당장 제가 할 수 있는 일을 찾아보게 되었습니다. 작은 일을 한두 개씩 하다 보니 어느새 무기력에서 빠져나와 있었습니다.

독서는 기준 없는 저에게 인생의 길잡이가 되어주었습니다. 평범한 사람은 어딜 가야 유명하고 훌륭한 사람들의 이야기를 들을 수 있을까요? 한 사람이 살아온 삶의 지혜와 비결을 한 권의 책으로 만날 수 있다는 것이 얼마나 감사할 일인가 생각합니다. 어려움을 극복한 성공한 사람들의 이야기들은 제가 지금도 계속 배워가야 할 살아 있는 교훈입니다. 힘들 때 책을 읽고 용기 얻은 날이 많습니다. 책을 보면 작가의 이야기가 생각보다 깊이 와닿습니다. 작가의 경험이나 생각을 공유하게 됩니다. 간접경험을 바탕으로 자신에게 어떤 정보가 필요한지, 어떻게 개선할 것인지 공부가 됩니다. 지혜를 얻고 단점을 개선하게 되는 것이 바로 독서입니다.

어려움이 닥치면 자연스럽게 책부터 찾게 됩니다. 어떤 책을 읽어야 저의 문제가 해소될지 찾아봅니다. 많고 다양한 책 중에 골라 읽는 재미도 쏠쏠합니다. 여러 종류의 책을 접하다 보니 모르는 사이에 낮고 넓은 지식이 자연스럽게 쌓이기도 합니다. 집에 쌓인 책들을 보며 머릿속에 모든 정보가 들어 있는 듯한 착각에 빠질 때도 있습니다. 아무리 생각해도 '내 인생의 가장 든든한 백그라운드'는 책이 맞습니다. 모두에게 독서는 유익하지만, 특히 저처럼 상처 있고 기댈 곳 없는 사람들은 꼭 독서하시기를 추천합니다.

저는 흙수저이고 마음 돌봐줄 어른도 없었고 알고 있는 유명한 사람도 없지만, 책을 통해 엄청난 마음의 배경을 가지게 되었습니다. 실제라면 저 먼발치에서라도 볼 수 없는 사이일 테지만, 책에서는 가능한 일이었습니다. 이렇게 도움을 주는 사람들을 두고 혼자만의 생각으로 힘들게 살지 않길 바랍니다. 점점 개인주의가 되어 가는 세상에 누가 저에게 일일이 본인 삶의 경험과 통찰을 이야기해줄까요?

저는 책 욕심이 많습니다. 새로 나온 신간이 있으면 눈과 손이 저절로 움직입니다. 제목에 관심이 생기면, 들어가는 말과 맺음말, 목차 등을 읽어보고 책을 구매합니다. 읽지 못한 책이 방에 가득하지만 그래도 마음에 드는 책을 보면 삽니다. 한 번에 다 읽을 필요는 없습니다. 오늘은 이 책, 내일은 저 책. 읽고 싶은 분량만큼 읽고 도움이 되는 부분만 읽어도 됩니다.

"책을 다 읽고 나서 샀으면 좋겠어. 방의 주인이 책인지 당신인지 모르겠어!"

남편은 책으로 가득한 방을 보며 잔소리하지만 제 생각은 다릅니다. 책을 보는 것만으로도 배가 부릅니다.

든든한 조언자들이 이렇게나 많다! 라고 생각하면 오히려 어깨에 힘이 들어갑니다. 책값으로는 절대 돈을 아끼지 않습니다. 나가서 차 한 잔을 마셔도 밥값만큼 나오는 시대입니다. 저는 커피값은 아까워도, 책값은 하나도 아깝지 않습니다.

어떤 책은 얻을 수 있는 정보에 비하면 너무 싼 것 아닌가? 하는 책들이 있습니다. 성공한 사람들의 비법이나 살아온 경험을 한 권의 책으로 만날 수 있다는 것이 얼마나 감사한 일인지 표현할 길이 없습니다. 저는 책의 도움으로 살아가는 중입니다. 당신의 삶에 책이라는 무기를 가까이 두세요. 당신의 '인생 길잡이'가 되어줄 것입니다.

좋은 책을 읽는 것은
과거의 가장 뛰어난 사람들과 대화를 나누는 것과 같다.

- 데카르트

가장 소중한 사람 '나'

    긍정보다 부정의 힘이 3배가량 더 크다고 합니다. 부정적인 말은 긍정의 말보다 30배가량 더 빨리 퍼진다는 기사의 글을 본 적도 있습니다. 저는 환경이 좋은 편은 아니라 긍정보다는 부정적인 영향을 받고 자랐습니다. 어릴 적부터 욕을 먹기도 하고, 매도 많이 맞고 자랐습니다. 저를 싫어하는 아빠의 따가운 눈총이 괴로웠습니다. 아빠는 내 존재를 부정하는 사람이라 상당히 불편했습니다. 초등학교 때, 돈이 없어 준비물을 마련하지 못해 선생님에게 종종 혼났습니다. 물질적인 것도 애정도 부족한 환경이다 보니 저도 모르게 부정적인 생각을 더 많이 했습니다. 어쩌면 버려진 저에겐 당연한 일이라 생각했습니다.

친구들의 부모님을 보며 우리 부모님은 왜 그렇지 못할까 원망스러웠습니다. 친구들이 부러웠지요. 서로 사랑하는 가족을 둔 친구를 보면 질투마저 났습니다. 저는 왜 이렇게 태어났을까요? 저도 저를 사랑해주고 지지해주는 부모님이 있었다면 얼마나 좋았을까요? 그러한 생각만으로도 눈물이 났습니다. 수없이 상상해보아도 상상은 어디까지나 상상에 그칠 뿐. 현실은 가혹했습니다. 아빠가 기분이 좋은지 나쁜지 눈치 보며 사는 생활이 답답했습니다.

부정적 생각이 저를 더 힘들게 했습니다. 한번 든 나쁜 생각은 꼬리에 꼬리를 물고 저를 바닥으로 잡아당겼습니다. 방학 때나 혼자 있을 때, 비관적인 생각에 빠져 집에서 한 발자국도 나오지 않은 날도 있었습니다. 구질구질하게 살고 있다는 생각에 모든 것이 귀찮고 부질없게 느껴졌습니다. 밤마다 태어난 나를 원망하며 울기를 반복했습니다. 왜 이렇게 사는 게 괴로운지 하느님을 원망하기도 했습니다. 종일 누워 일어나지 않고 잠만 잔 적도 있습니다. 잠이 들면서 내일 아침엔 눈을 뜨지 않고 고통 없이 죽었으면 좋겠다고 생각했습니다. 스스로 마음을 다치게 하는 행동을 오랫동안 했습니다. 그러다 책을 접하고 자기계발서를 읽게 되면서는 지난 시간처럼 비관만 하며 살지 않겠다고 다짐했습니다. 하고 싶은 일이 있다면 일말의 후회가 없도록 모두 도전하고 실천해보고 싶었습니다. 스스로 학대하는 것을 멈추고 습관화된 나쁜 버릇을 조금씩 고치게 되었습니다.

저는 왜 스스로 괴롭혔을까요? 남에게는 어떻게든 관심과 사랑을 받고 싶으면서 스스로에게는 왜 잔인하게 대했을까요?

지난날을 차분하게 정리해보는 시간을 가졌습니다. 어릴 때부터 잔병이 많고 자주 아프긴 했지만 그래도 장애는 없었습니다. 학교에 보내지 말라며 부모님이 여러 번 다투었지만 그래도 할 공부는 다 했습니다. 미움받았지만 추위 없고 배고픔 없이 살아왔습니다. 행복하다 할 수 없지만, 결과는 나쁘지 않았습니다. 마음고생에 힘들었지만 모두 지나왔습니다. 책을 읽다 보면 저보다 더 힘들게 자랐던 사람들이 성장하고 발전했습니다. 저보다 더 나쁜 상황이거나, 장애가 있거나, 시련과 고통에 빠진 사람들이 있었습니다. 하지만 그들은 절망을 희망으로 이끌었고 피나는 노력을 했지요. 결국, 결핍을 발판 삼아 이겨내고 원하는 것을 성취한 사람들이었습니다. 그 사람들과 굳이 비교하자면 저는 그래도 행복한 사람이라고 생각하게 되었습니다.

걸림돌이 디딤돌이 됩니다. 돌부리에 걸려 넘어질 것 같지만 그 돌을 딛고 한 단계 더 올라설 기회가 주어집니다. 또 모든 벽은 문이 된다 했습니다. 사방이 벽으로 막혔지만 들여다보면 벽에 손잡이가 달린 뻥

뚫린 공간일 수 있다고요. 같은 일도 어떤 시각으로 바라보느냐에 따라 상황이 달라집니다. 모든 것은 생각하기에 달렸고 스스로 어떻게 마음먹을 것인지 결정하는 순간, 기적은 일어납니다.

저는 저 자신이 애틋합니다. 세상에 단 하나뿐입니다. 당연히 관심과 사랑을 받고 싶지요. 제가 하는 모든 일이 잘되었으면 하고 바랐습니다. 남에게 관심받고 사랑받고 싶은 마음을 저 스스로가 해주겠다고 다짐했습니다.

'자기 자신을 스스로 사랑하지 않으면서 어떻게 남이 나를 사랑해주기를 바라겠는가?'

한 번쯤은 들어본 이야기일 겁니다. 우리는 타인은 배려하고 존중하면서 자신은 잘 돌보지 않는 경우를 접하게 됩니다. 하지만 자신을 사랑하는 힘이 있어야 남도 지켜줄 수 있는 여력이 생겨납니다. 저는 책을 가까이하면서 조금씩 성장하는 저를 좋아하게 됐습니다. 생각의 폭이 넓어지고 배우고 싶은 것이 많아져서 하고 싶은 일도 늘어났습니다. 아직 저를 온전히 사랑한다고 확언할 수는 없습니다. 마음은 시도 때도 없이 변하고, 사람은 모든 면에서 완벽하지 않습니다. 다만 저를 알아가며 주어진 상황에 충실하고 스스로 더 단단한 사람으로 만들어가는 모습을 사랑하기로 했습니다.

자신의 마음이 어떤 상태인지. 힘들다면 왜 그런 생각이 드는지 스스로 생각할 시간을 주세요. 마음 깊이 관찰하고 위로하는 경험을 쌓는다면 자신을 잘 이해할 수 있게 될 것입니다. 그러면 결국 자신의 마음을 받아들이게 되고 내 탓이 아니라 상황이 그렇다는 것을, 어쩔 수 없다는 것을 받아들이게 됩니다. 나아가 자신을 불쌍하게 생각하게 되고 나라도 나를 사랑해야겠다는 '자기 자비'로 이어질 것입니다.

처한 상황을 자신의 마음에 쏙 들게 만들 수 없습니다. 누구나 모든 것을 만족하고 사는 사람 또한 없습니다. 주어진 환경에서 최대한 긍정적으로 생각해야 합니다. 이 세상에 유일무이 백 프로 내 편은 나뿐입니다. 모든 사람이 나를 비난한다 해도 스스로 소중하게 생각하는 마음만은 꼭 지켜내야 합니다. 자신이 존재하지 않는다면 아무리 세상이 좋다고 한들 무슨 의미가 있을까요? 세상은 나라는 사람이 존재함으로 의미가 있는 겁니다. 온 우주에 똑같은 사람이 두 명일 수 없듯이 우리는 유일무이한 존재입니다. 우리는 한 명 한 명 모두 소중한 존재들입니다.

세상 누구보다, 자신의 편에 제일 먼저 서는 사람이 되기를 응원합니다. 자신은 스스로가 지켜야 합니다.

오늘 내가 죽어도 세상은 바뀌지 않는다.
하지만 내가 살아 있는 한 세상은 바뀐다.

- 데카르트

나만의 속도를 찾다

저는 조급증이 있습니다. 무슨 일만 하려고 하면 행동보다 마음이 먼저 앞서가서 집중하지 못합니다. 시작하기도 전에 마음이 불안합니다. 실내장식회사 대표의 '지금! 당장! 빨리!'가 만들어낸 병입니다. 빨리하고 실수 없게 해야만 합니다. 빨리한다고 실수하고 잘못하면 지적받고 욕먹는 상황이 옵니다. 저를 부르는 소리가 들리면 심장이 두근거리고 어떻게 행동해야 하는지 긴장부터 됐습니다. 그때 생긴 병은 지금까지도 저의 고질병이 되었습니다.

할 일은 많은데 우왕좌왕하느라 한 가지 일도 제대로 시작하지 못했습니다. 혼자 하는 부서의 일은 차고도 넘쳤고 도와주는 사람은 없었습니다. 직원들이 한마디씩만 해도 백 마디가 넘는 지치는 상황에서 7년간 일했습니다. 일이 많아지면서 마음은 점차 병이 들었습니다.

'이 일을 해내지 못한다면, 일 못하는 사람으로 낙인찍히겠지?'

'능력 없다는 소리는 죽어도 듣기 싫어. 어떻게든 빨리해내야 해.'

식은땀이 나며 불안감이 들어 미칠 지경이었습니다. 당장이라도 이 자리를 벗어나 어디론가 훌쩍 떠나고 싶은 마음이 들었습니다. 마음이 달리는 기차처럼 제어가 되지 않았습니다. 일을 받으면 최대한 빨리 마무리를 지어 넘겨야 한다고 생각했습니다. 일로 시작된 조급증은 저의 일상생활까지 침범했습니다. 그렇게 힘들 때 다시『원씽』을 꺼내 읽었습니다.

가장 중요한 것을 선택하고 집중합니다. 우선순위와 계획을 정하고 일단 집중해서 가장 쉬운 한 가지를 먼저 완성합니다. 그다음 중요한 순서로 한 가지씩 일을 마무리해나갑니다. 무엇이든 먼저 한 가지를 해내고 나면 자신감이 붙으며 마음의 안정이 찾아옵니다. 그러면서 집중을 잘할 수 있게 되었습니다. 해야 할 일이 많을 때 리스트를 적고 적용해보면서 많은 도움을 받았습니다.

우선순위의 토끼를 먼저 잡고 다음 토끼를 잡는다면 두 마리의 토끼를 모두 잡을 수도 있을 것입니다. 제일 중요한 '단 하나'에 먼저 집중합니다. 작은 도미노 하나가 쓰러져 모든 도미노를 쓰러트리듯이 하나씩 이루어내는 일의 영역이 점점 커집니다. 작은 성공이 여러 개 모여 큰 성공을 이루게 되듯이 하고자 하는 일에 좀 더 집중할 수 있게 되었습니다.

제 인생에서의 '단 하나'는 무엇인지 생각해보았습니다. 그냥 열심히 살려고만 했지 내가 원하는 삶이 어떤 것인지를 구체적으로 생각하지 못했습니다. 하루하루 일정과 생활에 치여 살아내는 일에만 집중했습니다. 오래전부터 막연하게 '책을 쓰고 싶다'라고만 생각했었지요. 어떻게 하면 책을 쓸 수 있을까? 친구들에게 말로는 '내 이야기를 책으로 쓰면 열 권은 나올 거야.'라며 이야기하곤 했지만, 실행으로는 옮기지 못했습니다. 그래서 이은대 작가님의 〈자이언트 북 컨설팅〉 책 쓰기 수업을 등록했습니다.

"자신이 5년 후에 어떻게 되어 있을지 상상해보세요."

"그런데 오늘은 이루고 싶은 일에 대해서 어떤 일을 하셨나요?"

"매일 목표를 쪼개서 하루하루 나아가다 보면 5년 후엔 원하는 곳에 도착해 있을 겁니다."

수업을 들으며 하루 몇 줄이라도 글을 썼습니다. 가벼운 마음으로 글쓰기는 시작되었습니다. 자기 전에 '오늘은 글 썼니?'라고 자기검열의 시간을 가지라는 작가님 말이 생각났습니다. 쓰지 않고서는 잠을 자지 말라고 했지요. 다시 일어나 한 줄이라도 쓰고 잠이 들면 마음이 평온해졌습니다. 부족하지만 거북이 경주처럼 끝까지 완주하고 싶은 간절한 마음이 있었습니다. 출간은 제 인생의 꿈입니다.

사람마다 각자 원하는 삶은 다르지만, 그것을 이루고 싶은 생각은 모두 같습니다.

자신이 원하는 삶은 어떤 것인가요?

원하는 삶을 살려면 스스로 무엇을 해야 할까요?

목표를 향해 먼저 할 수 있는 '단 하나'는 무엇인가요?

하고 싶은 일을 하면서 사는 것은 참으로 멋진 일입니다. 한 번씩 자신의 인생 목표에 대해서 생각해보고 점검하는 시간은 꼭 필요하다고 생각합니다. 지나온 시간을 돌아보는 것은 자신을 성찰하게 하며 앞으로 가야 하는 방향을 재검토하는 시간이 됩니다. 인생의 목표와 방향 그리고 자신이 이루고 싶은 것들을 정리함으로써 어디쯤 왔는지 확인할 수도 있습니다. 목표한 바를 하나씩 이루어나가는 성취감이 저를 더욱 성장하게 했습니다. 목표를 이루는 것도 중요하지만, 스스로 매일 조금씩 성장하고 있다는 것 자체가 제 삶을 더 풍요롭게 해주었습니다. 점점 성장하는 우리는 결국 원하는 것을 얻게 될 수 있을 것입니다.

한 번에 하나씩! 자신이 하고 싶은 일에 대해 집중해봅시다. 큰 목표보다 내가 당장 할 수 있는 일부터 도전해봅시다. '할 일 목록'을 작성해보고 하나하나씩 이루어갑시다. 수시로 메모해서 해야 할 일이나 하고 싶은 일을 적어두는 것도 좋습니다. 저는 생각을 적지 않으면 금방 날아가 버리고, 무슨 생각을 했었는지 잊어버린 경험이 많아 적어두기로 했습니다. 그렇게 하루하루 충실히 지내다 보면 우리의 인생은 좋아하고 의미 있는 것들로 가득 차게 될 것입니다.

원하는 삶은 어떤 삶인가요?

지금 삶을 이루고 있는 것들은 무엇이 있나요?

무엇을 향해 어떤 일을 하나요?

뜻대로 세상이 돌아가진 않지만, 중심을 딱 잡고 살면 분명 자신이 원하는 일들 가운데에 서는 날이 오리라 믿습니다.

속도를 줄이고 인생을 즐겨라. 너무 빨리 가다 보면 놓치는 것은
주위 경관뿐이 아니다. 어디로 왜 가는지도 모르게 된다.

- 에디 캔터

스스로 대변하는 연습

태어나자마자 친부모에게 버림받고 양부모에게 다시 버림받았습니다. 상처를 깊게 받았고 세상이 불공평하다고 생각했습니다. 손해 보지 않고 살겠다고 다짐했습니다. 가난한 집으로 가게 되었고 나이 차가 많은 부모님과 살다 보니 세심한 돌봄을 받지 못한 것은 사실입니다. 그분들은 6·25 전쟁과 일제 강점기의 식민지 생활로 본인들 또한 보살핌받지 못하고 자란 세대입니다. 엄마 역시 당장 먹고사는 일이 급급해서 신경을 많이 써주지 못했습니다. 밥을 하고 빨래해주고 학비를 대주셨지만, 당신도 받아보지 못했기에 마음은 잘 챙겨주지 못했습니다. 엄마의 사랑은 투박하고 인정 없이 보였으나, 실제 마음은 따뜻하고 다정한 사람이었습니다. 사랑의 표현 방식 차이를 어릴 땐 전혀 이해하지 못했습니다. 그래서 사랑받지 못했다고 느끼며 자랐습니다. 조금이라도 불이익이라 생각이 들면 목소리부터 커졌습니다.

'한 놈만 걸려봐! 아주 작살을 내줄 테니.'

가슴속에 화병이 생긴 것 같았습니다. 실제로 한의원에서 한약을 처방받아 먹어보기도 했습니다. 불덩이를 가슴에 담고 사는 사람 같았습니다. 나쁜 마음을 쓰면 안 되는 것을 알면서도 기분이 좋지 않을 때는 내 뜻과는 상관없이 쓸데없는 화가 치밀곤 했습니다.

얼마 전 안나와 백화점에 다녀왔습니다. 백화점 갈 일이 별로 없지만, 평발인 저는 신발만은 좋은 것으로 신으려 합니다. 아무리 비싸도 발 편한 신발을 삽니다. 저는 허리가 자주 아프고 목디스크가 있습니다. 발이 불편하면 온몸이 아파서 신발을 살 땐 신중합니다. 운동화 가격의 3배가 넘는 신발을 신어보고 구매했습니다. 종이를 바닥에 놓고 발 모양을 따라 그렸습니다. 발의 길이, 발볼의 넓이, 평발 깔창을 넣고 신어야 하므로 섬세하게 치수를 쟀습니다. 역시 비싼 백화점은 서비스가 좋다고 생각했습니다. 신발은 택배로 받기로 하고 집에 돌아왔습니다. 몇 시간 후, 안나에게 카카오톡이 왔습니다.

"주아야, 그 신발 인터넷에서 8만 원이나 더 싸더라. 내일 신발 산 곳에 전화 좀 해봐."

"아, 이런 신발!!!"

회계부서 경력만 28년입니다. 직원들이 따지는 것이 싫었습니다. 돈과 관련된 문제만큼은 직원들이 늘 예민했지요. 본인들 생각과 조금이라도 차이가 나면 바로 쫓아와 항의하곤 했습니다. 지난달 세금과 이번 달 세금이 왜 다르냐며 조목조목 따졌지요. 처음엔 제가 뭘 잘못해서 그런 줄 알고 두려웠습니다. 최대한 친절하게 설명했지만, 상대는 늘 기분 나빠했습니다. 주로 세금에 관한 내용이 많았는데 '나라에서 나한테 해준 것도 없으면서 세금만 많이 떼어간다.'라며 불만을 토로했지요.

"법이 바뀌어서 어쩔 수 없어요."

설명하면 이해하고 넘어갈 법도 한데 끝내 짜증 내는 직원을 보면 화가 났습니다. 돈 문제에서는 확실해야 하니 최대한 이해를 돕지만, 마음속에선 불만을 듣자니 화가 났습니다.

'너만 세금 내냐? 나도 내거든!'

엄마는 닭띠로 예민한 사람입니다. 전쟁이 그랬는지 식민지 생활이 그랬는지 엄마를 불안하고 예민하게 만든 건 사실인 듯합니다. 문제는 당신만 힘들면 되는데 옆 사람까지 피곤해진다는 겁니다. 회사 스트레스만으로도 속상한데 집에서까지 큰소리가 나면 정말 힘듭니다. 물론 저는 편한 엄마에게 폭발하고 맙니다. 왜 그런지 집에서는 아주 사소한 문제에도 예민하게 반응하게 됩니다. 스트레스가 많은 날은 사소한 문제로 엄마와 다투었습니다.

"너는 치우지도 않으면서 컵을 왜 이렇게 많이 내놓고 그러냐? 컵 장사를 해도 되겠다."

"별것도 아닌 걸 뭐라고 하지 마. 내가 오늘 얼마나 힘들었는데 알지도 못하면서 왜 그래?"

가족 사이라서 더 예민하게 반응합니다. 편하니 큰소리치고 하고 싶은 말을 다 하지요. 종로에서 뺨 맞고 한강에서 눈 흘긴다고, 스트레스는 딴데서 받고 화풀이는 가족에게 합니다.

혼잣말로는 답답함이 해소되지 않았습니다. 제가 평소에 너무 참는 건 아닌지 생각해보았습니다. 그래서 속으로 참지 말고 상대방에게 말로 표현하기로 했습니다. 자신이 스스로 대변하지 않으면 아무도 자신을 보호해주지 않습니다. 별것도 아닌데 말을 못 하면 억울한 마음이 듭니다. 한마디라도 저의 입장을 토로해야 속이 시원합니다. 다른 사람에게 착한 사람으로 비추어지고 싶은 마음에 하고 싶은 말을 참고 살았습니다. 보통 착한 사람은 손해를 보는 사람, 나쁜 사람은 이득을 보는 사람이라고 생각하기 쉽지요. 제 생각을 억누르지 않고 의견을 전달하는 것은 자신을 표현하는 방법입니다. 자신의 마음을 표현하는 것에 착하고 나쁨은 없습니다. 세상은 옳고 그름으로 나뉘는 게 아닌, 이것도 저것도 생각할 수 있는 생각의 '다름'만이 있다는 것을 인정합니다.

다른 사람들을 의식하여 스스로 의견을 말하지 못하고 참는 일은, 자기의 생각을 억누르는 행동이라 생각합니다. 저는 저의 변호인이고 제 생각을 말할 권리가 있습니다. 다른 사람들의 생각을 의식해서 살아왔다면 이제는 그러지 않기로 했습니다. 대신 감정을 내세우는 것이 아닌 이성적으로 말해야겠지요. 저의 인생에서 제일 중요한 건 저입니다. 마음 무겁게 살지 않겠습니다. 감정을 빼고 원하는 말을 한다면 듣는 사람들도 의견을 존중해줄 것입니다. 상대방의 의견을 존중해야 자신 의견도 존중받습니다. 이제부터 늘 저의 편에 설 것이라 다짐합니다.

스스로가 자신의 편에 서지 않으면 누가 자신의 편이 되어줄 것인가!

여러분도 늘 당신의 편이 되어주세요.

가장 용감한 행동은 자신을 위해 생각하고
그것을 큰소리로 외치는 것이다.

- 가브리엘 샤넬

혼자 아닌 더불어 산다

방학이 되면 돌아가면서 친구들 집에서 살다시피 했습니다.

초등학교 때, 경화네 집에서 아침 점심 저녁을 먹고 며칠을 잠을 자며 저의 집처럼 지내곤 했습니다. 일곱 살이나 차이 나는 경화의 오빠가 싫은 내색을 하긴 했지만, 모른 척했습니다. 뻔뻔하게 오빠와 밥상에 나란히 앉아서 밥을 먹기도 했습니다. 친구 식구들이 불편한 것을 알지만 재미없는 우리 집에는 돌아가고 싶지 않았습니다. 잠을 잘 때도 놀 때도 항상 경화 옆에 붙어 있었습니다. 별일이 있지 않은 한, 둘이 늘 붙어 지냈습니다. 시장 사람 중에는 우리가 자매인 줄 아는 사람들도 많았습니다. 어이없는 것은, 그땐 단칸방에 살던 시절이라 한방에 모든 가족이 지내던 시절이었다는 것이지요.

중학교 때, 안나 집에서 살았습니다. 폭풍 성장기였습니다. 삼시 세끼를 먹고 간식을 먹고, 계속 먹어도 식욕이 왕성했던 시기였습니다. 친구 중 살림이 가장 넉넉했던 안나네 집은 먹을거리가 풍성했습니다. 부모님의 성격이 좋아 많은 친구를 받아주셨지요. 먹여주고 재워주고 부족함 없이 지원해주셨습니다. 그중 가장 많은 혜택을 본 사람은 단연코 저였습니다. 귀찮을 법도 했지만, 항상 친절히 맞아주었지요. 설거지나 청소라도 도와드릴 걸, 지금에 와선 그게 가장 죄송합니다. 남의 집에 가면서 친구들을 몽땅 데리고 다녔습니다. 저는 외롭다는 느낌을 받기 싫어서인지 주변 친구들을 대동해 함께 다니곤 했습니다. 친구들과 몰려가면 부담스러웠을 텐데 친절하게 대해주시는 부모님을 보고 안나는 정말 복이 많다고 생각했습니다. 우리 집에선 있을 수도 없는 일이었습니다. 사춘기였던 우리가 갈 곳이 없다는 것을 잘 알고 계셨던 부모님의 배려가 컸습니다. 지금도 안나 어머니는 음식을 못하는 저를 위해 종종 반찬을 만들어 보내주십니다.

고등학교 때, 미라네 집에 자주 갔습니다. 미라에게는 여동생이 두 명 있었습니다. 자매끼리 사이좋은 것을 보고 저에게도 언니나 동생이 있었으면 좋겠다고 생각하곤 했습니다. 장녀인 미라는 저에게 늘 언니같이 대해주었지요. 저는 외동으로 커서 그런지 누군가의 '챙김'이라는 것이 정말 따뜻하게 느껴졌습니다. 학교에 다닐 때도 늘 팔짱을 끼고 다니고 덤벙대는 성격에 물건을 놓고 갈라치면 저의 물건을 먼저 챙겨주던 친구였습니다.

첫 직장에서 만난 경주 언니와는 격일제로 일을 했기 때문에 동고동락 했습니다. 회사에서 만나서 같이 일하고 먹고 자고 놀기도 했지만, 일하지 않는 평일에도 거의 함께했습니다. 주로 언니네 집에서 빈둥거리며 놀았습니다. 언니 어머니가 차려주는 밥상을 당연하게 받아먹었습니다. 언니 집에서는 철없는 막내딸로 불렸지요. 제가 결혼한 후에도 파김치와 총각무를 담가 보내주시는 마음 따뜻한 부모님입니다.

직장을 그만두고 몇 달간 백수일 때는 중학교 동창인 선해와 함께였습니다. 아르바이트하던 친구에게 빌붙어 다녔습니다. 그 친구의 소개로 주말 아르바이트를 할 수 있었습니다.

지금 와서 생각하면 무슨 염치없는 짓을 하고 다닌 건지 알 수가 없습니다. 그저 미안한 마음뿐입니다. 친구는 밥을 사고 커피를 샀습니다. 친구의 일터에 쫓아다니고 집에서 같이 잠을 자기도 했습니다. 늘 받기만 하고 챙겨주지 못했습니다. 스스로 인지하지도 못하고 있던 부족한 면을 지적

한 친구는 선해가 처음이었습니다. 눈치코치 없는 저에게 자세히 설명해주며 나쁜 습관을 고쳐주었습니다.

사전에서 식구란 한집에서 같이 살며 끼니를 함께하는 사람이라 했습니다. 저는 이렇게 같이 살았던 식구들이 많습니다. 친구들의 부모님들은 당연히 제게 부모님이 되어주셨으며 그 가족들도 저를 형제자매처럼 챙겨주었습니다. 싫든 좋든 저는 그들의 식구로 스며들어 가족으로 살았습니다. 지금 생각해보면 하나같이 철없던 행동이었지요.

저와 함께 부대끼며 살아온 식구들에게 감사합니다. 아마도 저보다 부모님이 많고 가족이 많은 사람도 드물 것입니다. 그들은 지금도 저의 곁에서 작은 일에 같이 기뻐하고 슬퍼해줍니다. 늘 서로의 안부를 묻고 건강을 챙기며 지내고 있지요. 지금까지 연락하고 관계를 유지하고 있는 것이 너무나 감사한 일입니다.

엄마가 된 지금, 가끔 딸아이가 친구들을 집에 데리고 온다고 하면 귀찮게 느껴집니다. 막상 처지가 바뀌어보니 그동안 얼마나 여러 사람을 불편하게 했는지 알게 되었습니다. 제가 지금껏 누려왔던 친구나 부모님들의 배려가 얼마나 큰 사랑이었는지 새삼 느끼게 되었습니다. 항상 가족처럼 맞아주셨는데 감사할 따름입니다.

어릴 적 친부모와 지내는 친구들이 마냥 부러웠습니다. 하지만 친부모라고 해서 다 잘한다는 보장이 없다는 것을 크면서 알았지요. 뉴스만 봐도 친자식을 살해하거나, 매질하거나, 굶기거나, 방치하거나, 학대한다는 내용이 연이어 보도됩니다.

참으로 안타까운 현실이지요. 예전보다 부유해져 살기 좋아진 시대라지만, 마음은 자기 자식을 챙기지 못할 만큼 점점 더 메말라가고 있나 봅니다.

시간의 흐름에 따라 몸의 아픈 곳이 한두 군데씩 늘어나고 있습니다. 그뿐 아니라 부모님들의 건강에도 적신호가 들어오기 시작했지요. 아마 나이가 들어가고 있다는 증거일 것입니다. 가끔 친구들에게 부모님과 가족들의 안부와 건강을 묻곤 합니다.

"경화야, 엄마 무릎은 좀 어떠시니?"

얼마 전부터 부모님들의 건강이 예전과 같지 않다는 소리가 들립니다. 돌아가신 분들도 계시고요. 그럴 때마다 마음이 시리고 안타깝습니다. 저를 한결같이 품어주시던 부모님들이었는데 아무런 도움이 되지 못하니 송구한 마음뿐입니다. 예전에는 친목 도모의 모임이 많았다면 요즘엔 부모님의 부고 소식으로 만나는 횟수가 많아졌습니다. 모두 모여 슬픔을 공유하는 시간도 큰 힘이 됩니다. 저는 우리 모든 식구가 건강하기를 간절히 기도합니다.

소중한 사람들이 영원하지는 않겠지요. 살다 보면 바쁜 일들에 치여 챙기지 못할 때가 종종 있습니다. 어른들 말씀에 '밤새 안녕'이라는 말이 있습니다. 소중한 분들에게 안부의 전화를 드려보는 시간을 가져보세요.

우리 인생에서 만난 모든 인연은
우리를 만들어간다.

- 윌리엄 셰익스피어

나를 위해 읽고 쓴다

'하늘은 스스로 돕는 자를 돕는다'라는 속담이 있지요. 힘들수록 공부합니다. 어떻게 해야 이 상황을 현명하게 대처할 수 있을까 고민합니다. 책을 읽고 경험을 되짚어 답을 찾아갑니다. 인생에 정답은 없다지요. 여기저기 찾아서 퍼즐처럼 이리저리 맞춰봅니다. 그러다 보면 한두 개씩 생각이 늘어나고 결국에는 지혜롭게 이겨내는 나만의 방법을 찾습니다. 그럴수록 저의 자신감도 조금씩 올라갑니다. 어떤 상황에서도 버티는 힘이 조금씩 늘어갑니다.

아무리 운이 좋다고 해도 노력하고 준비하지 않은 사람에게는 기회가 주어지지 않습니다. 설령 기회가 왔다고 해도 놓쳐버리기 일쑤입니다. 그래서 늘 깨어 있어야 합니다. 반복적으로 공부하고 준비해야 합니다. 깨어 있기에 좋은 도구는 당연히 책이 최고입니다.

저는 교과서 이외에는 책 한 권 읽지 않았던 사람이었습니다. 제가 책을 신뢰하게 된 큰 이유는 아무도 알려주지 않았던 지식과 비결들이 책 속에 있는 것을 깨달았기 때문입니다. 비밀 노트가 여기저기 있었습니다. 왜 몰랐을까요? '책 속에 길이 있다'라는 격언을 흘려듣지 않았다면 좀 더 빨리 독서를 시작하지 않았을까요?

책을 읽는 가장 기초 단계는 책을 사는 것입니다. 보기만 해도 마음이 든든합니다. 한 권의 책은 한 사람의 인생이라 했습니다. 저를 돕는 사람들이 이렇게 많으니 든든하지 않을 수 없습니다. 하루에 한두 장이라도 시간이 될 때마다 책을 읽습니다. 한 장이라도 읽는 것과 읽지 않는 것은 천지 차이입니다.

책을 고를 때 제목과 목차를 먼저 봅니다. 그리고 머리말과 맺음말을 읽습니다. 그 책이 어떤 주제인지 정리된 부분이 그곳들이기 때문입니다. 책을 읽을 때는 꼭 순서대로만 읽지 않습니다. 제일 흥미로운 곳부터 읽습니다.

"글쓰기는 최고의 자기 치유이자 최고의 자기 계발입니다."

〈자이언트 북 컨설팅〉 글쓰기 수업에서 첫 수업 때 들었던 말이 쉽게 이해되지 않았습니다.

'스스로 어떻게 치유가 된단 말이지? 치유는 상담 센터나 병원에 가야 하는 것 아닌가? 그렇다면 그 사람들은 다 굶어 죽겠다!'

막상 수업을 듣고 글을 써보니 이해가 되었습니다.

불안증이 심한 저는 상담 센터를 여러 번 방문했습니다. 다녀오면 허무했고 치유가 정말 되고 있는지 의구심이 들었지요. 돈은 제가 냈는데 저 혼자 한 시간 내내 실컷 떠들고는 목이 쉬었습니다. 분명 마음의 치유는 끝나지 않았습니다. 시간이 흐를수록 찜찜했지요. 열 번의 상담이 끝나도 실생활에서 해결이 된 일은 아무것도 없었습니다!

몇 번의 시행착오 끝에 '내 마음은 남이 정리해줄 수 없다.'라는 결론을 내렸습니다. 상담사에게 아무리 많은 이야기를 해도 정리는 스스로 해야 합니다. 글쓰기를 하면서 저도 모르는 무의식이 차곡차곡 정리되는 느낌을 받았습니다. 말은 나오는 대로 흘러가버리고 말지만, 글은 남습니다. 같은 글이라도 어제 읽고 오늘 읽어보면 느낌이 다릅니다.

저처럼 마음이 아픈 사람이 있다면 상담 센터에 가기 전에 자신의 이야기를 글로 써보는 것을 추천합니다. 글을 써보고 반복해서 읽어보면 많은 도움이 됩니다. 그땐 내가 왜 이런 생각을 했을까? 스스로 몰랐던 자신을 발견하기도 합니다. 과거의 일을 진지하게 생각해보기도 하고 반성하며 앞으로는 같은 실수를 반복하지 않겠다고 다짐하기도 합니다. 모든 것이 저의 탓이었다고 생각한 일도, 그저 상황이 그런 것일 뿐. 누구의 탓도 아니었다는 생각도 듭니다. 묵혀 놓은 글을 읽어보면 또 생각이 달라지기도 합니다. 사람의 마음은 고정된 것이 아니라 계속 움직이는 것이라 그렇기도 하겠지요.

가끔 지나온 세월을 생각하며 좀 더 열심히 살았다면 어땠을까? 하며 후회하기도 합니다. 후회해봤자 이미 지나간 일이니, 아무 소용이 없습니다. 그런 이유로 지금을 더 열심히 살 수 있습니다. 현재는 지금도 지나가고 있고 바로 과거가 되어버립니다. 시간을 붙잡을 수 없으니 지금을 알차게 사는 것만이 유일한 답일 수 있겠지요.

'이 세상에서 나를 제일 잘 아는 사람은 바로 나다!'

글쓰기로 스스로 돌아보고 미래를 계획하고 더 세밀하게 공부해갑니다. 그때 왜 그런 생각을 했었는지 자신의 마음이 어땠는지 더 자세히 들여다볼 수 있는 계기가 됩니다. 부족한 나를 위해 무엇이 도움이 되는지, 그때의 생각과 지금의 생각이 어떻게 바뀌었는지, 자신을 알아가는 공부로 글쓰기보다 좋은 것은 없는 것 같습니다. 반복적으로 볼 수 있고, 나중에도 돌이켜볼 수 있으며, 스스로 잘 알 수 있는 것이 글쓰기입니다. 글쓰기로 불필요한 마음의 감정들이 자연스럽게 정리가 됩니다.

마음이 아프다면 글쓰기를 시작해보세요. 욕을 쓰든 원망을 하든 자기 안에 묵은 감정을 쏟아내면 전보다 스트레스가 해소되며 마음도 정리가 될 것입니다. 마음 정리를 위해 제가 해본 것 중에 가장 좋은 방법은 글쓰기였습니다. 일기든 낙서든 메모든 마음의 묵은 때를 글로써 한번 밀어보시는 건 어떨까요?

글쓰기를 시작할 때까지는 그것을 통해 무엇을 터득하게 될지 알 수 없다. 당신은 글쓰기를 통해 그런 것이 있는 줄도 알지 못했던 진실들을 알아차리게 된다.

- 아니타 브루크너

희망, 나를 위해 선택하다

제4장

좌절 속, 꿈과 희망은 필수다

"가을바람 머물다간 들판에 모락모락 피어나는 저녁연기~"

초등학교 때, 집 계단에서 〈노을〉 동요를 부르면 울려 퍼지는 목소리가 좋았습니다. 계단 밑 평상에 친구들을 모아놓고 계단 중간에 서서 노래를 부르곤 했습니다. 계단의 울림을 마이크 삼아 노래했지요.

친구들은 저의 노래가 끝나면 손뼉을 쳐주었고 마치 가수가 된 것처럼 즐거워했던 기억이 있습니다. 그때 저의 꿈은 가수가 되는 것이었습니다.

"어쩌면 처음 그때 시간이 멈춘 듯이 미지의 나라 그곳에서 걸어온 것처럼~"

중학교 1학년 수업 시간에 공부하기 싫은 친구들이 선생님에게 짝사랑 이야기해달라며 조르던 시간이었습니다, 앞에 나와서 노래를 불러달라는 친구들의 요청에 변진섭의 〈숙녀에게〉를 불렀습니다. 떨리면서도 잘한다는 소리를 듣고 싶었나 봅니다. 친구들이 관심을 주니 인기인이 된 것 같아 기분이 좋았습니다. 쑥스러우면서도 노래 잘한다는 소리가 듣기 좋았습니다.

그해, 친구의 신청으로 라디오 프로그램 〈김태우의 가위바위보〉에 노래자랑으로 출연하게 되었습니다. 정희가 엽서에 '한남동의 프리마돈나'라며 과장을 했고 꼭 참여하게 해달라며 예쁜 그림까지 그려 담아, 덕분에 참여할 수 있었습니다. 우수상을 받았습니다. 상품으로 손목시계를 받았고요. 정연준이라는 가수에게 '열심히 노래하라' 응원까지 받았습니다. 가수를 꿈꾸는 저에게 잊지 못할 경험이 되었습니다.

현실에 살다 보니, 가수의 꿈은 자연히 접게 되었습니다. 성가대 활동으로 만족했습니다. 노래방에 가면 친구들이 잘한다며 '우리끼리 가수'로 불리는 것만으로 충분했습니다. 현실적으로 가수가 될 수 없다는 것은 저도 알고 있었습니다. 가난한 집에서 어떻게 해야 가수가 될지도 몰랐고 '내가 가수가 될 만큼 노래를 잘 부르는 것인가?' 또한, 자신 없었지요. 노래를 부른다는 행위 자체가 기쁨이었고 스트레스가 해소되어 그것만으로 충분했습니다. 노래하면 기분이 좋아지는 것은 여전합니다.

친구들과 만날 때 말버릇처럼 우리 이야기를 책으로 내면 열 권은 넘을 거라고 얘기하곤 했었습니다. 같은 동네에서 자란 우리들의 이야기를 책으로 쓰는 상상을 하곤 했지요. 그때부터 작가가 되고 싶었습니다. 친구들과는 서로 가정을 이루어 살다 보니 자주 만나지 못해서 일 년에 한두 번 볼까 말까 합니다. 친구들과 만남에서 어릴 적 꿈과 지금 이룬 현실에 대한 이야기를 자주 나눕니다. 사는 것이 마음대로 되지 않았지만, 그때 우리의 꿈은 얼추 비슷하게나마 이루어져 있었습니다.

하늘과 맞닿은 옥탑방 앞마당, 불꽃놀이를 볼 수 있는 남산타워와 차들의 불빛이 눈이 부신 한남대교가 한눈에 내려다보였지요. 그 멋진 뷰의 옥탑방 마당에서 우리는 미래에 관한 이야기를 자주 했습니다. 어둠 속에서 보는 빛은 밝았고 상상으로 그리는 우리의 장래도 밝았습니다. 우린 불우한 현실을 벗어나 미래의 행복을 상상하며 막연한 꿈을 그렸지요. 불안한 상황에서 우리가 할 수 있는 것은 희망을 품고 그것을 최대한 멋지게 상상하는 일이었습니다. 두 친구는 행복한 결혼과 현모양처를 꿈꾸었고 두 친구는 전문직 여성을 꿈꿨습니다. 그다지 큰 꿈은 아니었지만 그러고 보면 우리는 어찌 되었건 꿈을 이룬 사람들입니다.

원대하지는 않지만, 우리에게는 항상 꿈이 있었습니다. 좌절하지 않고 충실히 현실을 살아왔습니다. 가끔 삼천포로 빠지긴 했지만, 어떻게든 빙빙 돌아서서라도 결국은 끝까지 도달했습니다. 서로 격려하고 잘살아왔다 칭찬해줍니다. 지금까지 우리가 걸어온 미래가 전부는 아니기에, 아직도 꿈을 꾸고 희망을 이야기합니다. 얼마나 더 많은 함정이 기다릴지는 모르겠지만, 아마 인생이 다하는 날까지 우리는 희망을 계속 이야기할 겁니다.

"난 이제 작가가 되고 싶다. 우리 이야기를 글로 써보고 싶어."

"난 우리 아들들 씩씩하게 잘 키우고 경제적인 자유를 느끼고 싶어."

"나는 너무 늦지 않았나 싶은데 성공에 대한 마음공부를 하고 싶다."

나이 먹어도 하고 싶은 것이 많습니다. '끝날 때까지 끝난 게 아니다.'라는 말처럼 계속 꿈과 희망을 이야기합니다. 마음이 늘 소녀인 우리는 아직도 꿈과 희망을 찾아가는 중입니다.

저 역시, 결혼하고 아이를 낳고 살림하면서도 항상 새로운 꿈을 꿉니다. 꼭 꿈을 가지고 있어야 하는 것은 아닙니다. 꿈이 없어도 하루하루 열심히 살아가다 보면 좋은 결과가 나타나기 마련입니다. 하지만 희망을 놓는 순간 방향성을 잃고 어디로 가야 하는지 헤매는 일이 비일비재합니다. 하고 싶은 일을 찾고 이루어내는 것은 늘 설레는 일입니다. 이 세상에서 하고 싶고 이루고 싶은 일을 도전하며 사는 것이야말로 진정한 삶을 사는 것이 아닌가 싶습니다. 저는 저의 삶에서 최대한 할 수 있는 일은 경험하고 이루어보고 싶습니다. 우리가 세상에 태어나는 것은 이루고 싶은 일이나 느끼고 싶은 일을 경험하기 위해서라는 영상을 본 적이 있습니다. 소명과 사명을 가지고 태어난다고도 합니다. 저는 이 세상에 무엇을 하기 위해 태어난 것일까요?

돈이 없어도 죽고 밥을 못 먹어도 죽습니다. 꿈을 잃어도 희망을 잃어도 죽는다고 표현합니다. 현재의 삶이 못마땅하더라도 반드시 희망을 향한 선택을 해야 합니다. 우리가 살아가는 이유는 평가받거나 후회하는 것이 아닌, 한 걸음 한 걸음 자신의 삶을 이루어나가는 것임을 잊지 마세요.

낙관주의는 성취로 이어지는 믿음이다.
희망과 자신감 없이는 아무것도 할 수 없다.

- 헬렌 켈러

근거 없어도 자신감을 가져라

별일 아닌 일에도 예민한 엄마의 잔소리가 듣기 싫었습니다. 엄마는 어릴 적 어른들에게 배웠던 비난하며 탓하는 말투를 쓰곤 했지요. 힘들게 살아온 환경이 엄마를 그렇게 만들었다는 것을, 지금은 이해합니다만, 전에는 말투 때문인지 엄마가 저를 미워한다는 생각이 컸습니다. 막상 제가 아이를 낳고 보니 그것은 불안감이 높아져 한 행동이었다는 것을 알게 되었지요. 약간의 긴장감은 상황에 따라 도움이 될 수 있지만, 불안감은 어떠한 상황에서도 도움이 되지 않습니다. 오히려 잘 될 일도 불안감 때문에 그르칠 경우가 있습니다. 잔소리는 저와 엄마의 사이를 갈라놓았습니다. 저는 엄마의 말투로 인해 점점 자신감이 떨어졌습니다.

싫은 소리는 듣고 싶지 않았습니다. 제 생각으로는 아무 일도 아니었는데 엄마에게는 큰일처럼 느껴졌는지 공격적인 말투로 저를 위축시켰습니다. 그런 경험들로 저는 저에 대한 험담이나 뒷말이 들리면 친구들이나 동료들에게 변명을 늘어놓기 바빴습니다. 다른 사람들에게 잘 보여야 한다는 생각 때문에 남의 눈치를 자주 봤습니다. 자신이 잘못한 일이 있다면 그것을 인정하고 사과하면 될 일입니다. '남이 하는' 저에 대한 말은 그렇게 오래가지도 않았습니다. 사람들은 정작 자신의 인생에 집중하느라 남에게 별 관심이 없었습니다. 그것도 모르고 남들의 시선에 집중하면서 정작 제일 중요한 저에겐 신경 쓰지 못했습니다.

늘 부족한 사람이라고 생각했습니다. 다른 사람과 비교하고 스스로 과소평가했습니다. 세상엔 뛰어난 사람들이 많았고 그들과 비교하며 저는 쓸모없는 사람이라 생각했습니다. 그래서 점점 더 우울해지고 소심해졌습니다. 그러나 자기 계발 도서를 읽어나가며 다른 사람들도 저와 비슷한 생각임을 알았습니다. 사람이기에 모든 것이 완벽할 수 없고, 무엇이든 일련의 과정을 겪어내야만 얻을 수 있습니다. 인간이라면 누구나 실수하고 그부족한 점을 채워나가기를 바랍니다. 그들도 저와 다르지 않았습니다.

타인을 높이 평가하고 스스로 과소평가했습니다. 친구들은 자신감 없는 저를 늘 응원해주었습니다. 대단한 일도 아니었지만 무조건 저의 편이 되어주었고, 작은 행동에도 칭찬을 아끼지 않았습니다.

"넌 정말 대단해. 힘든 와중에도 하고 싶은 일들에 도전하고 결국은 해 냈잖아."

"우리가 평탄하진 않았지만, 지금까지 살아온 것만으로 대단한 것이 아닐까?"

그렇습니다. 우리는 힘든 와중에도 지금껏 잘 살아낸 대단한 사람들입니다. 가난하고 힘든 시절을 보내왔기에 더욱 서로 격려하고 위로했지요. 살면서 누구보다 가까이에서 지켜보고 느끼며 서로 의지했습니다. 친구의 아픔이 저의 아픔이고 친구의 기쁨이 저의 기쁨이 되면서 우리는 더욱 찐한 사이가 되었습니다. 저에게 억울한 일이 생기면 참아졌지만, 친구들의 억울함은 절대 용납되지 않았습니다.

살다 보면 자존감이 낮아지고 움츠러들 때가 있지요. 스스로 무언가를 판단할 때 헷갈릴 때가 있습니다. 그럴 때 제가 쓰는 방법이 있습니다. 친구가 저와 똑같은 일을 당했다고 상상해봅니다. 그러면 이상할 만큼 생각이나 감정이 달라집니다. 절대 비난하지도 깎아내리지도 않지요. 오히려 자신을 위로하게 됩니다. 자신을 평생의 친구처럼 생각한다면 생각의 결과는 달라질 것입니다. 오히려 자신을 사랑하게 됩니다.

사람이라면 누구나 불안한 감정을 느낍니다. 세상에 불안을 느끼지 않는 사람은 없을 것입니다. 다만 정도의 차이겠지요. 불안한 감정에 힘이 실리면 감정은 확장됩니다. 확장된 감정을 제어하지 못하게 될 때도 있습니다. 그럴 땐 자신의 감정을 충분히 느껴주고 인정해주면 사그라들게 됩니다. 법륜스님이 이야기하는 '알아차림'입니다. 의연하게 겪어내는 연습을 하다 보면 조금씩 좋아질 것입니다.

긍정보다 부정의 힘이 3배 더 강력하다고 합니다. 그만큼 떨치기 힘든 것이 감정입니다. 저는 불안감이 심해서 약의 도움을 받기도 합니다. 당연한 감정이지만 자신을 힘들게 한다면 과감하게 떨쳐낼 줄도 알아야 합니다. 부정적 감정은 에너지를 빼앗아 갑니다. 에너지를 빼앗길수록 자신이 원하는 방향과 거리에서 멀어집니다. 스스로 진짜 원하는 것이 무엇인지를 생각하고 그것을 선택해 최대한 영향을 받지 않게 노력해야 합니다.

근거 없고 막연한 자신감을 가져봅시다. 사람이 몇백만분의 일의 확률로 이 세상에 태어난 것 자체가 기적이라 하지요. 태어나지도 못한 수백만 개의 정자를 생각한다면 그 확률만으로도 대단한 사람입니다. 단 한 사람이라도 자신을 사랑하고 지지하는 사람을 생각해봅시다. 설령 떠오르지 않더라도 스스로 자신을 사랑함으로 이겨내야 합니다. 우리는 모두 소중한 존재입니다. 적어도 우리는 부모님의 훌륭한 자녀입니다. 부모가 아니라도 존재 이유만으로 아름답게 살아갈 자격이 주어졌습니다. 지금까지 이 세상을 살아온 것만으로 잘 이겨내왔으며 훌륭하게 살아왔다는 증거이고 축복입니다. 자신에게 힘이 되어줍시다. 자기를 진정으로 사랑하고 백 프로 받아줄 수 있는 사람은 자기 자신밖에 없습니다.

부모에게 버려졌지만, 다시 살아갈 기회를 얻었습니다. 궁핍했지만 지금까지 잘 살아냈습니다. 기적 같은 일이지만 저는 힘든 시간을 지나 가정을 꾸리고 아이도 낳았습니다. 이론적으로 설명하기는 어렵지만, 저 같은 사람도 살아내는 것이 인생입니다. 부모님 잘 만나 탄탄한 가정에서 사랑받고 자랐으면 더할 나위 없이 좋았겠지요. 남들보다 굴곡진 인생이었지만 이겨낸 보람이나 희열은 남 부럽지 않은 저만의 큰 상장입니다. 이제는 그 어떤 것도 이겨낼 수 있다는 자신감이 생겨났습니다.

당신은 생각보다 훨씬 더 소중한 존재입니다! 존재하는 것만으로 우리는 대단합니다. 우주에서 나라는 사람은 단 한 명뿐입니다. 이 세상에 고유한 당신! 자신을 사랑하고 잘할 거라고 믿어줍시다. 내가 나를 믿지 않는데 누가 나를 믿어주겠습니까? 자신감에는 근거가 따로 없습니다. 내가 나를 믿어주는 힘만큼 생기는 것이 자신감입니다. 어차피 사는 인생! 자신만큼은 스스로 팍팍 밀어주고 믿어주는 책임자가 되어줍시다!

자신을 비하하면서는 어떤 일도 성취할 수 없습니다.
자존감을 갖추는 것이 성공의 첫걸음입니다.

– 빈스 롬바르디

후회 없을 만큼 최선을 다해보자

6시 기상 새벽 글쓰기. 공저 책을 출간하기로 했습니다. 눈꺼풀이 천근 만근입니다. 당장이라도 그만두고 이불 속으로 들어가고 싶은 심정입니다. 하지만 저와의 약속을 깨고 싶지 않습니다. 졸면서도 일단 책상 앞에 앉습니다. 운동선수들이 말하는 진짜 운동은 따로 있다지요. 무슨 운동 이건 정말 힘들어서 더는 아무것도 못 할 것 같을 때 '딱 한 번 더'하는 것 이랍니다. 글쓰기도 마찬가지인 듯 같습니다.

직장인의 권태기는 1, 3, 5, 7, 10처럼 거의 홀수로 온다고 합니다. 1년을 버티면 3년을 다닐 수가 있고, 3년을 다니면 그 경력이 아까워 5년, 7년 다닐 수 있지요. 저의 경우 10년째 같은 회사로 출근하니 회사의 모든 사람에게 인정받을 수 있었습니다. 제가 한 직장에 10년을 다닐 수 있었던 비결은 '딱 하루만 더 나가자.'였습니다.

드라마에 자주 등장하는 명장면이 있습니다. '지금 당장 때려치우자.'라며 과감하게 상사 얼굴에 사표를 집어 던집니다. 물론 상상 속 장면이 더 많긴 합니다만, 우리는 대리만족의 쾌감을 맛봅니다. 사표를 가슴에 품고 다니는 직장인들이 많습니다만 실제로 그렇게 행동할 일은 거의 없겠지요. 업무를 하다 보면 생각보다 일하는 분야의 범위가 좁습니다. 소문이라도 한번 잘못 난다면 이 바닥에 '미친놈 한 명 추가'가 됩니다.

저의 28년 경력 중, 최단기로 일할 땐 4개월이었고 최장기로 일한 것은 10년이었습니다. 오래 일할 때는 주변 사람들이 모두 좋은 분들이었습니다. 모든 일은 사람이 하는지라 '사람 스트레스' 받지 않는 것이 가장 큰 영향을 주었지요. 개인의 역량이든 조직의 역량이든 마찬가지였습니다. 좋은 분위기에서 더 힘이 나고 성과도 낼 수 있었습니다. 그런데도 힘든 일은 일상적으로 일어났습니다. 그때마다 '할 수 있다.' 생각하며 사람들과 힘을 모아 일했습니다. 아마 혼자였다면 불가능했을 겁니다. 좋은 사람들을 만나 함께 시간을 보낸다는 것은 정말 행복하고 멋진 일입니다.

인간관계도 마찬가지입니다. 마음속에 벽을 친 사람은 제가 아무리 가까이 가려 해도 친해지기 어려웠습니다. 사람을 경계하는 이들이 간혹 있었습니다. 그런 사람들은 어떤 의도로 자기에게 접근한다고 생각하거나, 사람들로부터 상처받은 경험들이 있었습니다. 그 때문에, 친해지는 것에 오랜 시간이 걸리기도 합니다. 그럴 때도 '한 발짝만 더'를 적용하며 조금씩 다가간다면 가랑비에 옷이 젖듯이 친해질 수 있습니다. 모든 것은 작은 관심으로부터 시작됩니다.

모든 것은 음식처럼 시간과 정성이 들어갑니다. 자신이 원하는 목적이 간절할수록 더 그렇게 느껴집니다. 꿈은 머리가 아닌 몸으로 꾸는 것이라 했습니다. 생각만으로는 이룰 수 있는 것이 아무것도 없습니다. 일단 몸으로 부딪치고 경험함으로 습득하면서 이루어가는 것입니다.

사회적으로 성공한 사람들이 처음부터 특별한 사람들은 아니었습니다. 그들은 꿈을 꾸고, 꿈을 이루었기 때문에 특별한 사람이 된 것입니다. 저 역시 해내겠다는 마음가짐으로 한 걸음씩 꿈을 향해 도전하고 있습니다. 우리는 모두 특별한 사람이 될 수 있습니다. 물론 그 과정에서 힘든 고비를 겪어내는 것은 우리 몫입니다.

아인슈타인은 "한 번도 실수를 저지르지 않은 사람은 한 번도 새로운 것을 시도하지 않은 사람이다."라고 했습니다. 또한, 아리스토텔레스는 "일을 하기 전에 어떻게 하는지 배워야 한다. 어떻게 하는지 배우려면 직접 해봐야 한다."라고 말했지요. 이들 모두 위험을 가리지 않고 새로운 도전을 하며 성장했습니다. 성장 과정은 당연히 힘듭니다. 힘이 들 때 포기하지 않고 '한 걸음만 더' 나아간다면 그 걸음들이 모여 큰 성과를 이룰 것이라 믿습니다.

실패는 우리를 단련시켜주는 가장 큰 무기입니다. 실수와 실패를 여러 번 해야 경험이 쌓여 내공이 생기는 것입니다. 저는 실패가 두렵지 않습니다. 다시 시작하면 되는 일이라고 생각합니다. 기회는 많습니다. 후회 없이 최선을 다한다면 실패한다고 해도 실패가 아닙니다. 실패는 성공의 비결이라고 했습니다. 실패의 경험을 많이 쌓는 것이야말로, 곧 자신의 실력을 쌓는 일이라는 것을 알아야 합니다. 실패는 아무리 많이 하더라도 걱정이 없습니다. 우리를 성장하게 해주는 밑거름이 될 테니까요.

학창 시절 저는 유독 짝사랑을 많이 했습니다. 좋아하는 성당 오빠와 동네 오빠에게 당당하게 '좋아한다.' 한 번도 말해 본 적이 없습니다. 왜냐면 마음속에 당연히 '거절당하겠지.'라는 생각이 있었기 때문입니다. 시간이 지나고 후회가 들었습니다. 그래서 성인이 되고 나서는 용기를 냈습니다. 진심으로 좋아하는 사람에게 백 번쯤 고백하고 백한 번쯤 차였을 때, 미련 없이 포기할 수 있었습니다. 당시에는 정말 창피하고 쥐구멍에라도 숨고 싶었지만, 그 일에 대해서 현재는 한 점의 후회도 남지 않습니다. 그때의 창피함도 이젠 추억이 되었습니다. 40대 후반을 지나고 있는 요즘, 나이 때문인지 과거의 생각이 자주 납니다. '하고 싶은 대로 행동했다면 어땠을까? 최소한 미련은 남지 않았겠지.' 하는 생각이 듭니다. 지나간 일을 후회한들 지금에 와서 어쩔 수 없는 일입니다.

해도 후회, 안 해도 후회라면 저지르고 후회하는 게 낫습니다. 갈까 말까 고민할 땐 가는 것이 정답이라 했습니다. 생각만 하고 행동하지 않는다면 당연히 후회가 남을 겁니다. 누구나 똑같이 한 번 사는 인생입니다. 아무것도 하지 않으면 아무 일도 일어나지 않는다는 말처럼 밋밋한 인생보다 다양한 경험을 하는 인생이 재미있을 겁니다. 일이든 사람이든 실패를 쌓고 작은 성공을 디딤돌로 만들며 노력해간다면, 그것들이 모여 우리를 성장의 길로 안내할 것입니다. '딱 한 걸음씩'만 더 힘내서 살아봅시다!

보석은 연마하지 않으면 빛나지 않듯이
시도하지 않는 사람도 완벽해질 수 없다.

- 중국 격언

힘들 땐 쉬어가자

무슨 일이든 억지로 하려면 배로 힘이 듭니다. 신경이 곤두서고 마음이 불편하지요. 하기 싫은 일을 억지로 하다가 상황이 더 나빠질 때가 있습니다. 사소한 예를 들면 하기 싫은 설거지를 하다가 그릇을 깬다든지, 쉬고 싶었는데 청소하다가 다친다는 식입니다. 어려울 때일수록 돌아가라는 말이 있지요? 급하게 해서 일을 그르치느니 천천히 하는 게 나을 때가 있습니다.

유난히도 아무것도 하기 싫은 날이 있습니다. 손가락 하나 까딱하기 싫습니다. 아프지도 않고 몸은 멀쩡한데 무기력합니다. 마음이 불편합니다. 이럴 땐 아무 생각 하지 않고 하고 싶은 것만 하며 쉽니다. 사람은 직감의 동물이라 했던가요? 오히려 충전하며 쉬다 보면 번뜩 아이디어가 떠오르거나 숙제 같았던 고민의 실마리를 풀어내기도 합니다. 쉬다가 하고 싶은 마음이 들면 힘들어 보이는 일을 거뜬히 해내기도 합니다. 저의 경우 혼자서 집안의 가구를 재배치한다거나 마음먹고 옷 정리할 때이지요. 평소에는 엄두도 내지 못하는 일을 어느 날은 후딱 해치우는 것이 신기할 뿐입니다.

어쩔 수 없이 싫은 일을 해야 할 경우도 있습니다. 그럴 땐 생각을 살짝 틀어봅니다. 어차피 해야 하는 일이라면 웃으면서 하는 것이 좋지 않을까요? 피할 수 없으면 즐기라는 말도 있습니다. 화가 나고 억지로 하면 자신의 정신건강에도 좋지 않겠지요. 봉사한다고 생각하면 피로도가 덜하기도 합니다. 생판 모르는 남도 도와주는데 자신을 위한 봉사라 생각하면 어떨까요?

몸도 마음도 지치고 힘들 때가 있습니다. 힘들어도 이겨내야 할 때가 있지요. 하지만 마음이 지나치게 힘들다면 생각해봐야 합니다. 알랭은 감정적인 문제를 해결하는 근본은 불편한 감정의 원인을 파악하는 일이라 했습니다. 자신 안의 문제를 제대로 들여다보는 일을 쉼 없이 해야 합니다. 불편한 감정의 이유를 알아차리고 해결해야 합니다. 그것이 해소

됐을 때 우리는 비로소 다른 일을 할 힘이 생기기 때문입니다. 마음이 편안해지면 삶이 한결 가벼워집니다. 마음가짐은 성장의 씨앗입니다. 무엇이든 도전할 수 있게 하는 힘을 가지고 있지요. 씨앗에게 물을 주고 햇볕을 주고 시간을 주어야 합니다. 그래야 더 큰 성장의 열매를 맺을 수 있기 때문입니다.

착한 사람에게 화병이 더 많이 생긴다는 이야기가 있습니다. 과거엔 저도 그랬습니다. 다른 사람에게 싫은 소리를 하지 못하고 참고 견뎌서 정작 마음에 병이 들었습니다. 더는 화를 쌓아둘 마음의 공간이 없어서 넘쳐버렸습니다. 혼자서 마음속에 담아두고 상처받지 맙시다. 상처받을 바엔 그냥 놓아버리는 것이 낫다고 생각합니다. 꼭 착한 사람으로 살아야만 할까요? 사람은 원래 이기적입니다. 본능을 이기려 해서 병이 나는 것은 아닐까요?

진정으로 하고 싶은 일을 찾으면 힘든 줄도 시간 가는 줄도 모르고 몰입할 때가 있습니다. 지속할 수 있고 성장할 수 있는 일을 찾아봅시다. 인생의 목표가 있다면 감사한 일입니다. 목표는 인생의 지도가 되어줍니다. 목표가 없다거나 꿈이 없다고 잘못된 것은 아닙니다. 없어도 괜찮습니다. 다만 인생의 다양한 재미와 경험을 통하여 스스로 좋아하는 일들을 찾아보는 것도 나쁘지 않다는 이야기입니다.

꿈을 찾는 과정에서 실패나 그 과정을 통해 자기만의 색다른 것을 만들어낼 수 있다면 얼마나 좋을까요? 이것저것 해보고 경험하는 것을 발판 삼아 경험치를 한 단계 높이면 좀 더 다른 자신을 만나게 될 수 있을지 모릅니다. 모든 일에는 단계가 있고 일련의 과정이 필요하지요. 쉬어가는 것 또한 그 과정일 수 있습니다. 쉬면서 자신을 돌아보고 잘하고 있는지 생각할 여유도 있어야 합니다. 조급한 마음이 들거나 뜻대로 일이 풀리지 않을 때 쉬고 싶은 것은 몸과 마음의 신호이기도 합니다. 한숨 돌리고 쉬어주어야 또 열심히 살아갈 힘이 생기겠지요. 쉴 땐 쉬고 공부할 땐 공부하고 일할 땐 일하고, 그 반복이 인생입니다.

몸과 마음이 평온해야 주변을 둘러볼 수도 있고 모든 것을 시작할 힘이 생깁니다. 그렇게 자신을 지켜야 재미있고 평화롭고 행복한 일들을 즐길 수 있습니다. 학생이 공부하기 위해 책상에 앉아 책을 펼쳐 집중하기까지의 과정이 나온 TV 예능프로그램을 본 적이 있습니다. 드라마나 코미디 프로에도 자주 등장하는 장면입니다. 필기구를 정리하고 책들을 가지런히 정리합니다. 포스트잇과 준비물을 나열하지요. 공부하려 자세를 잡으니 책상 위가 더러워 깨끗하게 청소합니다. 공부하기 위한 마음의 준비를 하고는 곧 잠들어버리는 장면이지요. 저 역시 독서실에 다닐 때 똑같은 패턴이었습니다. 사람마다 집중하는 시간과 과정이 모두 다릅니다. 저는 개인적으로 그런 일련의 과정이 필요하다고 생각합니다. 공부하기 위한 마음의 준비라고 할까요? 딸아이가 생각납니다. 저와 매우 닮아있습니다.

　힘들 땐 쉬어 가면 그만입니다. 힘들고 무리가 된다고 생각될 때 쉬고, 힘이 나면 다시 시작하면 됩니다. 급할 필요가 없습니다. 마음이 급하다고 해서 빨리 갈 수 있는 인생도 아닙니다. 아무리 인생이 마라톤이라지만, 계속 뛸 수만은 없습니다. 힘이 들 땐 쉬었다가 충전하고 다시 뛰면 됩니다. 인생 뭐 있나요?

휴식은 게으름도, 멈춤도 아니다. 휴식을 모르는 사람은
브레이크가 없는 자동차 같아서 위험하기 짝이 없다.

- 헨리 포드

남 눈치 볼 바엔 자신의 눈치를 보자

눈치 본다는 말은 다른 사람들을 살펴보며 어려워한다는 의미입니다. 어릴 적부터 어떤 행동을 할 때마다 아빠의 눈치를 봐야 했습니다. 밥 한 톨이라도 흘리면 여지없이 큰소리쳤고 맘에 들지 않는 행동에 손이 올라오기도 했습니다.

밥을 먹을 때마다 온몸이 긴장되고 식은땀이 났습니다. 그래서인지 저는 소화 기능이 좋지 않습니다. 아빠와 함께 밥 먹기가 싫었습니다. 10년이 넘는 시간 동안 밥 먹을 때마다 눈치를 봤습니다. 중학생이 되고 방을 따로 쓰면서부터는 식사를 따로 해서 살만했습니다. 하지만 오래된 기억으로 다 커버린 지금도 습관적으로 밥을 빨리 먹어버린다거나, 조금이라도 긴장하는 일이 생기면 곧잘 체하곤 합니다.

아빠에게 욕이나 핀잔, 원망을 들었고 미움받고 자랐습니다. 2평 남짓한 작은방에 아빠, 엄마, 나 셋이 지내다 보니 보고 싶지 않아도 서로를 주시할 수밖에 없는 상황이 되었습니다.

물건을 왜 다른 곳에 두냐? 냉장고는 왜 이렇게 자주 여냐? 아무것도 안 할 때는 방의 불을 꺼라 등등 일거수일투족을 감시받았습니다. 그런 생활이 오래되니, 학교에서도 자연스럽게 친구들과 선생님의 눈치를 보게 되었습니다. 어딜 가나 사람들의 눈치를 보는 것이 일상이 되었습니다.

초등학교 하굣길에 남자아이들이 쫓아와 때리고 도망가며 괴롭힌 일들이 있었는데 저는 큰소리 한 번 치지 못하고 당하기만 했습니다. 또한, 사람의 눈을 똑바로 보지 못하고 곁눈질로 보는 것이 습관이 됐습니다. 다른 사람과 눈을 마주친다는 것은 엄청나게 긴장되는 일이었습니다. 누구 하나 불편한 기색이 들면 저도 모르게 안절부절못했습니다. 저는 스스로 그런 행동하는 것을 모르고 있다가 중학교 때 옆집에 사는 두 살 터울의 영란 언니가 말해줘서 알게 됐습니다.

"사람과 얘기할 때는 눈을 보고 말해야 해. 그리고 왜 이렇게 남의 기분이나 행동에 눈치를 보니? 네가 꼭 뭘 잘못해서 그렇게 행동하는 것 같 잖아. 사람은 각자의 생각으로 행동하며 사는 거야. 죄지은 사람처럼 피하지 말고 당당하게 행동해. 그래야 다른 사람들이 너를 만만히 보지 않지."

사람들과 눈도 마주치지 못하고 어깨를 축 늘어트리고 다니는 저에게 당당하게 행동해야 한다는 것을 알려준 건 언니가 처음이었습니다. 말해준 것도 고마운데 언니와 눈을 마주치며 이야기하는 연습을 며칠간 했습니다. 어깨를 펴고 말끝을 흐리멍덩하게 하지 않는 것도 연습했습니다. 그런 습관을 고치는 것만으로도 저는 상당히 똑똑한 사람으로 변신한 것 같았습니다.

이후, 눈치 보는 습관은 점차 줄어들었습니다. 곁눈질하지 않고 당당히 상대방의 눈을 보고 말하게 되었지요. 당당하게 행동했더니 사람들의 태도가 달라졌습니다. 작은 태도의 변화로 자신감이 높아졌고 자존감도 올라가는 신기한 경험을 했습니다.

내 인생을 내 마음대로 산다는 것, 내 생각대로 당당하게 행동하는 것은 크게 중요한 것이었습니다. 저는 저의 경험들로부터 더 당당한 사람이 되었습니다. 수줍기만 했던 제가 성가대에 들어가 활발한 활동을 하고, 친구들 사이에서도 의견을 굽히지 않고 저의 목소리를 내기 시작했습니다. 생각을 말하는 기회가 점점 많아졌고 반복된 경험은 자신감이 되었습니다. 약간의 행동 변화만으로도 자신이 바뀔 수 있다는 것을 경험하였습니다.

직장생활할 때 남들이 '나를 어떻게 생각하는지' 뒷말과 행동에 민감하게 반응했습니다. 능력 없는 사람으로 비칠까? 나의 말과 행동을 다른 사람들이 나쁘게 생각하면 어쩌지? 기분 나쁜 일이 생기면 예민한 성격에 전전긍긍했습니다. 일일이 신경 쓰다 보니 위축되고 더 예민해지고 불안이 높아졌습니다. 시간이 갈수록 모든 일이 긴장되었습니다. 그러다 증상이 심해져 불안증 약을 먹기도 했지요. 남의 시선, 남의 감정에 끌려다니면 끝도 없이 힘들어진다는 것을 알아챘습니다. 서서히 남들에게 관심을 줄였습니다. 저는 저의 인생을 살면 됩니다. 누가 뭐라 하든지, 자신의 길을 가면 됩니다.

가장 눈치를 많이 봐야 할 사람은 자기 자신입니다. 내 인생에서 나보다 중요한 사람이 어디 있겠습니까? 다른 사람 눈치를 볼 바엔 그 노력을 자신에게 쓰는 것이 가장 현명한 선택입니다. 남 눈치를 보며 다른 사람의 기분을 맞추고 살았던 저는 스스로 너무 미안했습니다.

버나드 바루크의 명언입니다.
"있는 그대로의 자신으로 남고 자신이 느끼는 대로 말하라. 그것에 신경 쓰는 사람은 당신에게 중요한 사람이 아니고, 당신에게 중요한 사람은 그런 것을 신경 쓰지 않는다."

그렇습니다. 제 곁의 소중한 사람들은 저를 믿어주고, 지지해주고, 그런 것들을 신경 쓰지 않습니다. 지금까지 어떻게 살아왔건 중요하지 않습니다. 과거의 일은 털어버리고 자신에게 집중하며 살아야 합니다. 내 인생에 관심이 없는, 남들의 눈치 따위는 무시하고 살아가세요.

저는 이제 저의 눈치를 보며 삽니다.

당신이 동의하지 않는 한
이 세상 누구도 당신이 열등하다고 느끼게 할 수 없다.

- 엘리노어 루스벨트

버틸 땐 힘을 빼자

중학교 때 생활기록부 체력 기록은 특급이었습니다. 100m 달리기 16초, 멀리뛰기 220m, 윗몸일으키기 40개를 포함해 철봉 매달리기도 20초 이상이었지요. 고등학교 1학년에서 2학년을 올라가면서 몸무게가 13kg이나 늘어났습니다. 학교가 멀어서 새벽같이 일어났고, 밥을 먹고 싶지 않았지만, 저보다 더 일찍 일어나 새벽밥을 준비하는 엄마의 희생에 거절할 수가 없었지요. 고1 체력장 등급은 다른 기록은 다 비슷했으나 오래 매달리기를 10초밖에 하지 못했고, 정작 13kg이 늘어난 고2 때는 시작함과 동시에 철봉에서 떨어졌습니다. 무거운 몸을 약한 팔로 지탱할 수가 없었지요.

이대로는 안 된다는 생각에 일주일 동안 물만 먹고 살았습니다. 처음에는 하루만, 이틀만, 삼 일만 하다가 일주일까지 굶게 되었지요. 물만 먹고 버틸 수 있나 생각했는데 견딜 만했습니다. 기운이 조금 빠지고 모든 일에 의욕이 없어졌을 뿐 지낼 만했습니다. 문제는 그다음에 생겼습니다. 일주일에 5kg을 감량하고 식욕이 폭발해서 요요현상으로 3kg을 추가해 8kg이 더 늘어났지요.

건강과 관련한 일은 무작정 버틴다고 되는 일은 아니었는데, 좀 더 신중하게 행동해야 했습니다. 저는 몸이나 마음이 힘들면 먹는 것으로 해소했기에 건강에는 소홀했습니다. 일주일을 물만 마시고 버티면서 인내심이 강하다며 스스로 만족하기도 했습니다. 지금 생각하면 바보 같은 일이지만 그때는 그것이 최선이라고 생각했었습니다.

상업고등학교에서는 고2 때부터 취업을 준비합니다. 서류심사에 필요한 서류를 준비하다가 호적등본을 뗄 수 없다는 것을 알게 되었지요. 주민등록등본은 뗄 수 있는데 호적이 없다는 말이 이해되지 않았습니다. 동사무소 직원 안내에 따라 초본을 발급하고야 알았습니다. 당시엔 엄마가 저를 데리고 와서 키웠다는 것만 알고 있었습니다. 그때 처음으로 제가 한 번이 아닌, 두 번이나 버려진 사실을 알게 되었습니다. 저를 엄마에게 데려다주신 분에게 전후 사정을 듣고 나서야 어렴풋이 알게 되었습니다.

저는 조산소에서 태어났습니다. 친부모는 저를 낳자마자 버리고 도망갔습니다. 조산소에 있는 저를 가엽게 여긴 할머니가 조산소 비용을 내고 집으로 데려갔다고 했습니다. 할머니는 조산소 근처의 큰 교회의 권사님이었고 의사 아들을 두고 있었습니다. 아들만 둘 있는 아들에게 저를 키우라 권유했고, 그 집에서 할머니 손에 2년 동안 자랐습니다. 하지만 이미 아들을 둘 키우고 있던 며느리는 저를 반대했고, 그로 인해 이혼 위기가 오자 어쩔 수 없이 파양 당해 지금의 엄마에게 오게 되었던 것입니다. 법적인 파양 과정에서 저의 호적이 사라진 것이었습니다.

제일 화가 났던 부분은 지금의 엄마에게 오게 된 절차입니다. 당시 68세였던 아버지와 47세였던 엄마는 결혼한 부부 사이도 아니었고 동거인이었습니다. 저를 얼마나 급하게 버려야 했으면 정상 가정이 아닌 동거인 가족에게 보내야만 했을까요? 저는 당시 세 살이었습니다. 타인의 생각으로 이 집 저 집을 전전해야 했던 유아였습니다. 아무것도 모른 채 바뀐 환경에 얼마나 당황했을까요? 낯선 사람들 속에서 어떤 감정을 느꼈을까요? 얼마나 큰 상처를 받았을까요?

저는 열일곱 살의 딸아이를 키우고 있습니다. 자식 키우는 처지에서 충분히 며느리 상황이 이해됩니다. 하지만 그럴 수밖에 없었는지는 이해하기 힘들었습니다. 호적을 다시 만드는 재판을 하려면 수백만 원의 돈이 필요했습니다. 물론 엄마는 또 돈을 구하러 다녔습니다. 재판하는 과정에서 파양한 집의 작은 아버지 격의 목사님이 학교에 찾아오셨습니다. 엉망인 저를 안쓰럽게 보셨습니다. '너를 키워주셨던 아버지 어머니가 보러 오기로 했다.'라며 저를 목욕탕으로 먼저 데려갔습니다. 그땐 목욕탕에 왜 가는지 선뜻 이해되지 않았는데 돌이켜보니, 목사님이 보기에 제가 상당히 지저분하고 가난하게 보였던 것 같습니다.

목사님 교회에 갔습니다. 교회와 가정집이 한 건물로 이어져 있었습니다. 그곳엔 저와 동갑인 해맑은 여자 친구가 있었지요. 목사님의 딸이었습니다. 성악을 전공으로 유학 갈 거라 했습니다. 피아노 치는 모습이 예뻤습니다. 얼마 후에 성악 발표를 한다며 예쁜 드레스를 입고 교회 중앙에서 노래하던 모습이 선명하게 기억납니다. 왕자와 거지처럼 비교가 되면서, 저의 모습이 한없이 비참하다고 생각했습니다.

얼마 후, 아버지란 분과 어머니란 분이 오셨고 그 뒤로 오빠라는 사람 두 명이 방으로 들어왔습니다. 저를 보는 그들의 시선에 기분이 묘했습니다. 안쓰럽다는 눈빛을 하고 있었습니다. 아마도 제가 상업고등학교에 다니고 가난한 상황이라는 것을, 어느 정도 아는 듯했습니다. 양아버지란 분의 목소리는 한마디도 듣지 못했습니다. 양어머니는 제가 불쌍하다며 "지금이라도 우리랑 살래?"라고 했던 말이 선명하게 기억이 납니다. 그냥 해본 말일 텐데 무척 당황했습니다.

"아니요. 저는 지금 엄마가 잘해주고 좋습니다."

저는 그들과 함께할 수 없는 사람이고, 삶의 수준 차이도 크게 난다는 것을 말투와 옷차림에서부터 느꼈습니다. 십 분쯤 흐르고 저를 파양했던 가족들은 모두 교회를 빠져나갔습니다.

목사님의 가족들과 예배를 보았습니다. 사람들이 부르는 찬송가에 서러워서 하염없이 눈물이 났습니다. 참으려고 해도 참아지지 않았습니다. 하느님을 원망해서도 회개해서도 아니었습니다. 단지 그 상황이 너무 슬펐고 버려진 자신이 불쌍했습니다. 목사님은 저를 위해 기도를 해주셨습니다. 우느라 어떤 기도였는지 잘 듣지 못했습니다. 성경을 항상 가까이 하라며 선물로 주신 성경책을 가지고 교회에서 나왔습니다.

그분들을 만났다고 달라진 것은 아무것도 없었습니다. 저는 여전히 얹혀사는 아빠와 불편한 사이고 엄마는 저 때문에 일하기 바빴습니다. 호적 문제로 변호사까지 선임해야 하는 비용 때문에 더 열심히 벌어야 했습니다. 집에서 먼 학교에 가기 위해 새벽에 일어났고, 자습이 끝나 밤늦게 집에 왔습니다. 물만 마시고 지낸 그때처럼 무식하게 슬픈 마음을 억누르며 버텨냈습니다. 다만 조금 기운이 빠지고 모든 일에 의욕이 없었습니다.

죽을 것 같이 힘든 시간도 지나고 나니 괜찮았습니다. 살아온 과거의 저에게 '정말 수고했다, 잘했다.' 칭찬합니다. 일어나는 일들과 시간은 흘러가고 끝나지 않을 것 같은 괴로움도 지나가기 마련입니다.

'존버'라는 말이 있습니다. 네이버 국어사전에 찾아보니, 비속어인 존O와 버티다의 합성어를 줄인 말로서 엄청 힘든 과정을 거치는 중이거나 참는 상황에서 사용하는 말이라 합니다.

힘들어도 버틸 수밖에 없는 상황이었습니다. 이번 고비가 지나면 다음 고비가 온다고 했습니다. 정면 돌파할 수 없다면 열심히 버티는 것도 인생을 사는 한 방법이겠지요. 큰 고통의 대가는 더 달콤한 보상으로 온다고 믿습니다. 힘들었기 때문에 분명 더 잘되고 크게 되고 잘 살 겁니다.

가장 어려운 시기에 버티는 사람이
가장 강하다.

- 스위스 속담

용감한 선택, 도움 요청하기

남을 돕는다는 일은 당연히 좋은 일입니다. 남을 돕는 착한 행동을 하는 것은 주변 사람들뿐 아니라 자신을 위해서도 좋은 일입니다.

'착한 일을 해야 한다.'

'남에게 베풀어야 한다.'

'선한 영향력을 행사하여야 한다.'

남에게 도움이 될 수 있는 일을 해야 한다고 교육받고 자랐습니다. 그러나 상대적으로 자신이 힘들 때 도움을 요청하라는 말은 들어본 적은 별로 없습니다. 남에게 피해를 주지 마라, 폐 끼치지 말라는 교육만을 받았기 때문이지요. 적어도 저의 경우엔 그랬습니다. 제가 도움을 요청하는 것보다 도움을 주는 쪽이 훨씬 더 마음 편했습니다.

가난한 부모님의 도움을 받아 이만큼 성장했습니다. 그분들의 도움이 아니었다면 어떤 삶을 살고 있을지 상상조차 하기 어렵습니다. 보육원에 갔으면 또 저의 인생이 어떻게 펼쳐졌을지 알 수 없습니다. 버려진 저를 거둬주었기에 저는 살아있습니다. '개똥밭에 굴러도 이승이 낫다.'라는 말이 있지요. 키케로는 살아 있는 한 희망은 있다고 했습니다.

부모님은 나이가 많았고 전쟁과 식민지를 겪었습니다. 배고픔과 굶주림이 얼마나 힘든가에 대해서 자주 얘기했습니다. 가난한 생활 중에도 지금은 살기 좋아졌다며 예전 보릿고개를 회상했습니다. 어린 저와는 소통이 잘되지 않았습니다. 그래서 늘 친구들을 붙들고 가족들과 통하지 않는 이야기들을 나눴습니다. 위로하고 위안받았고 대화했습니다. 저의 감정을 해소할 수 있도록 아픔을 나누어준 친구들 덕분에 이렇게 잘 지내고 있는지 모릅니다. 영원한 나의 편, 잊지 않고 늘 고맙게 생각합니다. 지금도 여전히 든든하게 저를 지지해 줍니다.

직장생활하면서 야간대학을 다닐 때도 주변 사람들의 도움을 받았습니다. 치과 병원에서 근무 시간을 조정해주어서 조급했던 마음을 편하게 해주었습니다. 함께 일한 치위생사들의 현실적인 조언도 들었습니다. 덕분에 포기할 뻔했던 대학에 진학할 결심이 섰습니다. 그리고 성당의 도움을 받아 장학금도 받았습니다.

졸업하고 직장 생활할 때도 늘 동료들과 돈독한 관계로 지냈습니다. 한번 알게 된 사람들과 특별한 일이 없는 한 연락을 계속 주고받았습니다. 엄마가 뇌졸중으로 쓰러졌을 때 같이 한방병원에서 근무했던 친구의 도움을 받아 입원 치료를 받았습니다. 직원 할인으로 병원비도 절약하고 특별히 더 신경을 써주기도 해서 무척이나 고마웠습니다.

인간은 혼자서는 살 수 없는 사회적 동물이라 했습니다. 제 인생의 갈림길이거나 힘들었던 결정적 순간에 여러 사람의 도움이 있었습니다. 절실한 순간에 받았던 도움은 하늘에서 내려준 동아줄 같았습니다. 감사하다는 말로는 부족했습니다. 도움받은 만큼은 아니더라도 주변 사람들에게 조금이라도 보탬이 되어주고 싶습니다.

도움은 요청하지 않으면 이루어지지 않습니다. 힘들 때는 일단 손을 뻗어야 누구라도 잡아줄 수 있습니다. 저는 늘 혼자라고 생각해서 힘들었던 적이 많았습니다. 그러다 친구에게 도움을 요청하고 상황에 맞게 주변 사람들에게 손을 내밀었습니다. 거절당할까 봐, 창피해서, 그런 이유로 망설이다가도 너무 다급할 때는 선택의 여지가 없었습니다. 순간순간 절실했습니다.

당장 급한 상황이다 보니, 다른 사람들이 저를 어떻게 생각하든 상관없었습니다. 이기적일 수도 있겠지만 '다음에 나도 갚으면 된다.'라고 생각했습니다. 사람은 절대 혼자서는 살 수 없다고 했습니다. 저는 혼자였고 지푸라기라도 잡는 심정으로 주변에 많은 도움을 요청했습니다. 그때마다 사람들은 저를 거절하지 않았습니다. 꼭 요청을 들어주지 못하더라도 미처 생각하지 못한 다른 방향을 조언해주기도 했습니다. 고마운 마음입니다.

살아보니 도움을 받은 사람에게 다시 마음의 빚을 갚을 수도 있지만 그러지 못한 경우도 많았습니다. 꼭 그 사람이 아니더라도 또 다른 이에게 도움을 줄 수 있었지요. 평소에 기부를 통해서도 감사할 수 있고 저의 도움을 원하는 사람의 손을 잡아줄 수도 있었습니다. 받은 감사를 세상으로 돌려주는 것은 찾아보면 생각보다 여러 방법이 있었습니다.

부족한 제 인생에 감사하다고 느꼈던 순간들은 누군가가 저를 돕고 있었을 때였습니다. 힘들 때 바로 도움을 청했고 누군가 도와주었습니다. 힘들 때는 주저하지 말고 주변 사람에게 요청해보세요. 각자의 인생을 살아야 하니 모든 사람이 도와줄 수는 없겠지만, 그래도 작은 위로라도 받을 수 있습니다. 만약 도움을 받는다면 다시 돌려주면 됩니다.

죄는 지은 대로 덕은 쌓은 대로 간다는 속담이 있습니다. 인생은 부메랑이라는 말도 있지요. 도움받은 만큼 남들에게 도와줄 기회는 반드시 옵니다. 주변에 도움 요청할 사람들이 있는 것만으로도 큰 축복입니다. 도움을 받고 이자를 불려서 세상에 배로 돌려주면 됩니다. 도움은 사랑이고 사랑은 돌고 돌아 또 자신에게 더 크게 복으로 돌아올 것입니다. 도움이 필요할 땐 주저하지 말고 주변인들에게 요청해보세요!

도움의 손길은 상처를 치유하고,
사랑은 영혼을 빛나게 한다.

– 무라카미 하루키

선택의 의미, 나중에야 알 수 있다

초등학교 때 공부를 도와줄 사람이 아무도 없었습니다. 학원은 말할 것도 없고 먹고사는 일이 고된 부모님은 학교 공부에 전혀 관심이 없었지요. 제가 할 수 있는 숙제라면 했고 모르는 것은 손도 대지 못했습니다. 숙제하지 못해 선생님께 혼날 때가 많았습니다. 제 공부에 전혀 관심 없는 엄마가 미웠습니다. 하기야 엄마는 힘든 시대에 태어나 초등학교도 졸업하지 못하고 한글도 잘 몰랐습니다. 아무리 둘러봐도 주변에 공부를 도와줄 만한 사람은 없었습니다. 괴로웠지만 공부는 깨끗하게 포기했습니다. 오히려 포기하고 나니 우왕좌왕하던 마음이 편해졌습니다.

저의 인생은 첫 단추부터 잘못 끼워졌습니다. 버려지고 싶어서 버려진 것도 아니고 가난해지고 싶어서 가난한 것도 아니었습니다. 모든 게 잘못 됐다고 생각했습니다. 부모님과의 성씨가 달라서 친구들이 고아라고 놀리고 할아버지, 할머니와 산다고 짓궂게 굴 때도 달리 방법이 없어 답답하기만 했습니다. 엄마와 성씨가 같아지는 고등학교 2학년 때까지 가족이건 세상이건 저를 받아주지 않는다 생각했습니다. 세상에 혼자 겉돌며 죽지 못해 살아가는 사람 같았습니다. 안정된 가정도 없고 동거인에게 얹혀사는 '언젠가 다시 버려질 아이'라 생각 들었습니다. 또, 부모님이 있는 친구들과의 환경을 비교하며 스스로 처지를 비관하기에 바빴습니다.

중학교 때 안면마비가 와서 얼굴의 반이 전혀 움직이지 않았을 땐 고통스러워 죽고 싶은 마음이 들었습니다. 혓바늘은 말을 할 수 없을 만큼 혀를 뒤덮었고 아팠습니다. 하루아침에 표정을 잃어버린 사람이 되었습니다. 그일은 저를 비참하게 만들었습니다. 남이 저를 어떻게 볼 건지 걱정하기 전에, 제 자신이 보는 얼굴이 흉측했습니다. 남들 앞에서 표정을 짓는다는 것이 두려워 한동안 무표정으로 살았습니다. 삐뚤어진 얼굴이 보기 싫어 웃지 않았습니다. 말을 할 때도 최대한 입 모양을 작게 하면서 웅얼대듯 말하게 되었습니다. 저라는 사람을 최대한 눈에 띄지 않게 작게 구겼습니다.

살면서 괴로운 순간 하나 없는 사람은 없습니다. 돈이 많든 적든 인생에 괴로운 순간 하나쯤은 마음속에 품고 삽니다. 그 순간을 어떻게 해석하느냐에 따라 결과가 달라집니다. 돌이켜보면 저는 '무대포 정신'으로 살았습니다. 할 수 있는 것이라고는 괴로운 시간을 묵묵히 버티고 최대한 미래에 초점을 두고 희망을 품는 일이었습니다. 이렇게 힘들었던 시간을 당신과 공유할 수 있는 것은 어떻게든 그 순간을 버텨냈기 때문입니다. 당시 상황에서는 여러 가지 결핍된 마음들로 현실을 있는 그대로 받아들일 수 없었고 비관하고 비판하기에 바빴습니다. 그 시간을 지나온 지금에서야, 그때의 일들이 인생에서 어떤 의미였는지 조금은 폭넓게 이해할 수 있게 되었습니다. 집안의 경제적 이유로 상업고등학교에 진학해야만 했습니다. 늘 배움에 대한 갈망이 남아 있었습니다. 그래서인지 책을 읽고 자격증을 따고 새로운 일에 도전하는 것이 재미있었습니다. 하지 못했던 일을 늦게라도 할 수 있다는 것에 희열을 느낍니다. 가난해서 배우지 못한 한을 모두 풀었습니다. 나이 들어 스스로 가르치는 일은 재미가 쏠쏠했습니다.

어릴 때부터 잔병치레가 잦았습니다. 초등학교 입학 전에는 홍역에 걸려 죽을 뻔했습니다. 가난한 형편에 병원에 입원하지 못했고 엄마는 하루에도 몇 번씩 아픈 저를 업고 동네 의원에 오갔습니다. 고열에 죽을 뻔한 고비를 넘겼지만 작아진 고막과 좁아진 귓구멍은 후유증으로 남았습니다. 피곤하면 이명 소리가 들리고 어지러운 것은 귀가 약해졌기 때문입니다. 중학교 때 걸린 안면마비도 마찬가지였습니다. 치료를 끝까지 마치지 못했고 마비 증세가 후유증으로 남았습니다. 사춘기 때 앓았던 우울증은 제가 경제활동을 하고 난 뒤부터 치료를 시작했습니다. 일하면서 생긴 공황장애도 스스로 돌보는 중입니다. 병원에 자주 가고 검진받고 치료합니다. 이제는 조금만 아파도 바로 병원에 갑니다. 절대 병을 키우지 않습니다. 살아가는 데 있어 건강이 제일 중요하고, 무엇을 시작하기에 가장 큰 원동력이 된다는 것을 잘 알고 있기 때문이지요.

환경이나 상황 때문에 마음 힘든 날들이 많았습니다. 소중히 여기는 사람들이 언제든 저를 떠날 수 있다는 불안감에 약의 도움을 받기도 했습니다. 힘들고 지치고 우울하고 무기력하고 아팠을 때, 억지라도 긍정적 생각을 했더라면 어땠을까? 후회가 들기도 합니다. 자신을 더 소중히 여기고 누구보다 자신의 편이 되어 나쁜 생각을 무시했다면, 덜 아프고 덜 힘들지 않았을까 생각해봅니다. 지금은 제가 할 수 있는 모든 것을 동원해서 치료합니다. 심리 상담도 받았고 약도 잘 챙겨 먹었습니다. 심리 서적을 읽고 마음공부도 합니다. 저 자신을 공부하고 알아가는 시간을 갖습니다. 그동안 아팠던 마음을 이제라도 치유하고 돌보고 있습니다. 아침저녁으로 짧게나마 명상하고, 스트레스를 받는 상황이 오면 심호흡도 합니다. 거울 속 저를 보며 힘든 시간을 잘 견뎌왔고 이겨냈고 대단하다고 스스로 칭찬합니다.

제가 겪은 힘든 순간들 또한 소중한 저의 인생입니다. 과거는 이미 지나갔고 바꿀 수 없습니다. 제가 어떠한 선택을 했는가에 따른 결과가 현재로 나타났습니다. 순간순간이 모여 저의 인생을 이루었습니다. 어떤 사람들은 사주팔자 인생이 정해져 있다고 하지만, 순간의 선택이 어떤 인생을 만들지는 모를 일입니다. 지금의 순간이 크든 작든 과거의 여러 선택의 결과물이란 사실은 변하지 않습니다. 부정을 선택하든 긍정을 선택하든 그 선택의 의미는, 시간이 지난 후에야 비로소 알 수 있습니다.

어차피 해야 하는 선택이라면 자신을 지킬 수 있는 긍정적인 선택을 해보세요. 어떠한 상황에도 당신의 삶에 도움이 되는 행복한 선택이 되기를 기도합니다.

무엇보다 중요한 것은 노력하는 것이다.
결과는 자연스레 따라온다.

- 존 우든

성장하는 힘은 내 안에 있다

제5장

시련을 이겨내는 나만의 방법 찾기

바이러스와 병균을 이겨내려면 몸의 면역력을 키워야 합니다. 면역력을 키우려면 충분한 수면, 건강한 식습관 및 금연 금주 등 몸에 나쁜 영향을 줄 만한 일을 하지 않아야 합니다. 먼저 건강을 끌어올리는 것이 우선입니다. 몸이 건강해야 무엇이든 할 수 있고 하고 싶은 마음도 생겨납니다. 건강을 잃으면 모든 것을 잃는다고 했지요.

사람의 마음도 마찬가지입니다. 우울한 마음, 부정적인 생각들을 떨쳐내기 위해서는 억지로라도 긍정적인 생각을 하도록 유도하는 것이 중요합니다. 저는 죽고 싶을 만큼 깊은 우울감이 들 때 친구들을 찾았습니다. 답답한 마음을 대화로 풀었고 제 마음을 위로해줄 만한 책을 골라 읽었습니다. 슬픈 노래를 듣고 부르며 눈물이 나면 실컷 울었습니다. 가사마다 모두 제가 주인공 같았지요. 마음속 감정의 찌꺼기를 비워냈습니다.

마음을 다독이고 비워내며 계획을 세웠습니다. 해야 할 일들과 하고 싶은 일의 목록에 번호를 적었습니다. 무기력하고 우울감이 들 때는 기본적인 일들을 챙기는 것도 힘들었습니다. 실행하지 못하더라도 늘 계획을 세웠습니다. 다이어트 계획을 매달 세웠고 하다못해 책 정리, 옷 정리, 청소 등의 계획도 적었습니다. 일단 다이어리에 모두 적고 하나씩 실행하며 줄을 그어나갔습니다. 해야 할 일들이 하나씩 없어질 때마다 기분이 좋아졌습니다. 미래에 대한 계획도 세워보았습니다. 전문직 여성이 되어 있을 거야! 서른 살이 되면 결혼도 할 거야! 자가용을 타고 정장을 입고 회사에 출근하는 모습과 회사 동료들과 멋지게 회의하는 모습도 상상했습니다. 종이 위에 쓰면 기적이 이루어진다고 했습니다. 구체적으로 상상하고 적어보았더니 정말 이루어질 것 같은 희망이 생겼습니다.

지나고 보니 그때 상상했던 대부분의 일이 이루어졌습니다. 신기한 일입니다. 이루고 싶은 것을 사진이나 그림 등으로 보이기 쉬운 곳에 걸어두거나 자주 보게 되면 실제로 이루어질 확률이 더욱 높아진다고 합니다. 사람들은 그것을 '시각화'라고 합니다. 저의 경우는 하고 싶은 일들을 계획하고 목록을 적으며 구체적으로 상상하는 힘을 자주 사용했던 것 같습니다.

모든 일은 마음먹기에 달렸습니다. 그러나 실행하기까지의 단단한 마음 상태를 만들려면 무기력과 우울감을 먼저 떨쳐내야 했습니다. 저는 유독 우울감이 심했습니다. 중학교 때 옥탑방에서 슬픈 음악을 틀어놓고 한 남대교를 보며 울었던 기억이 납니다. 지금 생각해보면 현실적인 우울함을 감당하지 못해서 우는 것으로 감정을 해소했던 것 같습니다. 또한, 잠을 많이 자기도 했는데 잠을 푹 자고 휴식을 취하면 컨디션이 조금 나아졌습니다. 몸이 가벼워지니 다른 일에 몰두하는 일이 쉬워지기도 했습니다.

이후 성인이 되면서 노래하는 것으로 많은 감정 해결을 했습니다. 친구들과 함께 노래방에서 고래고래 소리 지르고 웃고 떠들며 스트레스를 푸는 방법이 좋았습니다. 어떤 날은 혼자 두세 시간을 쉬지 않고 목이 터져라! 노래했던 날도 있었지요. 혼자 조용히 노래하고 감정을 추스르는 것이 스트레스 해소에 도움이 많이 되었습니다. 노래를 많이 들었습니다. 노래에는 희로애락이 모두 들어있지요. 마음속에 응어리진 나쁜 감정들을 쏟아내기에 음악은 저에게 최고의 선택이었습니다. 자신에게 맞는 감정 해소 방법을 찾아 시도해보세요. 자신에게 맞는 스트레스 해소법은 어떤 것이 좋을지, 하나씩 실천해보면서 찾아보세요.

상처에 대해 좀 더 깊이 생각해보자면 '내가 왜 이런 감정을 가지게 되었는가?'에 대해 집중해보는 것이 좋습니다. 외롭다, 허무하다, 불안하고 초조하다 등의 여러 감정이 왜 생겼는지 꼬리를 물고 깊이 생각하다 보면 핵심 이유에 대해 알게 됩니다. 생각보다 별거 아닌 일에 감정이 증폭되었을 수도 있고 현실적으로 문제해결을 할 수 있는 것인지 아닌지에 실질적인 생각도 할 수 있습니다. 저는 막상 고민의 상자를 열어보면 생각보다 별일이 아닌 경우가 많았습니다.

드라마 〈홍천기〉에서 저주받은 아이라고 놀림당해 속상해하는 아이가 있었습니다. 주인공은 다음의 대사로 위로했습니다.

"난 잘 모르지만 그건 어쩔 수 없는 거야. 너에게 벌어진 일이 다 사람의 힘으로 어쩔 수 없는 거라고. 네 잘못이 아니다. 그러니 어쩔 수 없는 일로 너를 탓하지 마라."

넋 놓고 보다가 순간 깨달았습니다. 저에게 어쩔 수 없이 일어난 일에 늘 다른 사람들과 자신을 탓하고 원망하기에 바빴습니다. 고아가 됐고 업둥이로 자란 건 제가 바꿀 수 없는 일이었습니다. 저는 더는 어쩔 수 없는 일로 주변과 저를 탓하지 않기로 했습니다. 그저 힘든 시기 잘 이겨냈다고 스스로 칭찬하기로 했습니다. '바꿀 수 없는 어쩔 수 없는 일'에 대해서는 마음을 비워야 합니다.

인간이라면 누구나 외롭고 고독합니다. 아무리 돈이 많고 풍족해서 부족함 하나 없는 사람일지라도 모두 그렇습니다. 그런 감정이 느껴질 때는 온

전히 고독감을 느껴주면 사라집니다. 시간이 걸리기도 하지만 자신을 돌아보고 재정비하는 시간을 보내는 것이 좋습니다. 또 다른 방법은 하고 싶었고 몰두할 만한 일을 찾아 집중해보는 게 좋습니다. 혼자 있는 시간을 알차고 즐겁게 보냄으로 고독을 잊고 오히려 더 활력을 찾을 수 있습니다.

마음속을 깊이 들여다보면 해결의 실마리가 생각보다 쉽게 떠오를 수 있습니다. 마음이 단단해지면 무슨 일이든 해낼 힘이 생기고, 실패해도 다시 도전할 수 있게 됩니다. 어떤 방법이 자신의 마음을 평온하도록 돕는지 생각하고 평소에도 마음 관리를 잘한다면 힘든 일들도 거뜬히 잘 이겨내리라 생각합니다. 힘들다고 생각했던 일을 해결한 경험은 누구에게나 있습니다. 그때를 떠올려보세요. 자신만의 이겨내는 방법은 어떤 것들이 있었는지 살펴보고, 보완해야 할 방법이 있다면 어떤 것들이 있는지 공부해서 마음을 단단하게 세워보세요.

자신의 마음을 바꿀 수 있다면
인생도 바꿀 수 있다.

- 윌리엄 제임스

나를 갉아먹는 생각에서 벗어나다

"난 부모님이 모두 돌아가셨어." 드라마 〈나빌레라〉 박인환 배우의 대사입니다. 젊은 남자주인공이 "엄마는 돌아가셨고 아빠와는 같이 살고 있지 않아요."라고 얼버무리는 대사에 대한 답변이었습니다. 뭔가 한 대 얻어맞은 느낌이었습니다.

이 세상에 특별한 경우가 아니고서야 부모님이 먼저 돌아가시는 것은 당연한 일입니다. 세상에 고아가 되지 않는 사람은 어디에도 없는 것입니다. 저처럼 부모님과의 인연이 닿지 않는 사람이 저뿐일까요? 마음이

홀가분해졌습니다.

40년 넘게 마음속 깊이 '나는 친부모에게 버림받아서 외롭고 힘들게 살고 있다.'라는 생각에 사로잡혔습니다. 무의식에 '버림받은 아이라서 이렇게 인생이 괴롭다.'고 스스로 힘들게 하며 살았는지 모릅니다. 도움이 되지 않는 부정적인 생각을 달고 살았다고 생각하니, 참 바보스럽다는 생각이 들었습니다.

저를 입양하고 파양했던 집을 찾아 수소문해 보았습니다. 그들은 모두 의사이기에 인터넷에 이름만 찾아봐도 바로 정보를 알 수 있었습니다. 저를 엄마에게 데려다준 사람은 그들의 먼 친척이었지요. 고등학교 때 저를 찾아왔던 목사님을 찾았지만, 연락처를 알 수 없었습니다. 인터넷에 초본에 나와 있는 양부 이름을 쳤더니 할머니의 부고가 나왔습니다. 저는 그 전화번호로 연락해보았습니다.

그들은 제가 연락을 했다는 것에 놀라워했습니다. 지금까지 어떻게 살았냐는 물음 대신 자신들의 연락처를 어떻게 알았냐? 먼저 따져 물었습니다. 할머니의 부고에 오빠의 연락처가 나와 있었다고 말했습니다.

"누가 너의 오빠냐?"

양어머니였던 사람이 날카로운 목소리로 말했습니다. 혹시라도 제가 그들에게 해 끼치지 않을까 하는 걱정이 들은 듯했습니다. 저는 제가 알지 못하는 아기 때의 일을 알고 싶었던 것뿐입니다. 저의 힘들게 살았다는 말에 '너를 위해 부잣집에 보냈는데 무슨 말이냐?' 했습니다. 제가 떠날 당시 아파트에 살았던 의사 부부였습니다. 저를 어디론가 보내버리기 위해 상당히 마음 급했다는 것은 알겠습니다. 하지만 '부자 부모'라는 말은 가난한 환경에서 자란 제게 당치도 않는 말이었습니다. 당장 버릴 생각에 '어떤 집인지 알아보지 않고 그냥 보내버린 것'이라고밖에 생각 들지 않았습니다. 지금의 엄마 집은 정상적인 일반 가정이 아니었고, 가난해서 먹고살기 힘들었다고 말했습니다. 그녀는 고등학교 2학년 때 저를 만났던 사실을 기억에서 지운 듯했습니다. 여러 감정이 올라오면서 저란 존재에 대해 부정당한 것 같아 힘들었습니다. 상당한 분노와 억울함이 느껴졌고 속상함에 며칠 밤잠을 이루지 못했습니다.

정작 내가 알고 싶었던 것은 친부모에 관한 내용이나 단서 같은 것이었습니다. 인터넷에서의 오빠라는 사람의 얼굴은 저의 얼굴과 상당히 닮아 보였습니다. 혹시 모를 일을 확인하기 위해서 양부모에게 유전자 검사를 신청했습니다. 제가 할 수 있는 일이라곤 그것밖에 없었습니다. 유전자 검사에 관해 이야기했고 생각지 못한 모진 말을 들어야 했습니다.

"내가 너를 길렀으면 어쩔 뻔했냐. 정말 큰일 날 뻔했다. 하나님께 진심으로 감사한다."

그들이 믿는 하나님과 제가 믿는 하느님은 다른가 봅니다. 남아공에서

선교 활동하는 권사라는 사람의 입에서 나온 소리가 맞는지 귀를 의심했습니다. 상처받는 말을 들었지만 여러 번의 전화 끝에 결국 유전자 검사를 마칠 수 있었습니다. 결과는 그녀의 말이 맞았습니다. 한 점의 의문도 남지 않아 속 시원했습니다. 더는 마음속으로 소설을 쓰지 않아도 되었습니다. 혹시라도 저를 찾는 친부모가 있지 않을까 하는 생각에, 경찰서에 DNA를 남겼습니다. 그것은 제가 마지막으로 혈육을 찾을 수 있는 유일한 방법이었습니다. 최대한 할 수 있는 것을 모두 했으니 후회는 남지 않았습니다. 속이 후련했습니다.

시간이 지나면서 저를 파양한 분들의 마음을 조금 이해하게 되었습니다. '끝까지 키우지 못했다.'라는 마음의 짐이 남아 있다는 것을 알게 되었습니다. 시간이 지나면서 안부도 묻는 사이가 되었고 아기 때의 사진을 전송해주기도 하였습니다. 제가 몰랐던 저의 모습을 보았습니다. 만감이 교차했습니다. 어찌 됐건 저를 보살펴주셨던 분들이기에 감사의 인사를 전했습니다. 그렇게라도 그들의 마음을 풀어주고 싶었습니다.

최근 들어 뉴스에서 친부모여도 성추행하고 폭력을 가하고 살인하는 등의 아동학대의 뉴스가 연이어 나오고 있습니다. 아이를 낳아 쓰레기통에 버리고, 살해한 사실을 숨기기 위해 냉동실에 사체를 넣어 두는 등 끔찍한 짓을 저지르고 있습니다. 성숙하지 못한, 올바르지 못한 부모가 많아서 아이들은 삶의 기회마저 빼앗기고 설령 살아도 불행한 삶을 사는 것 같아 마음이 편치 않습니다. 그 가정을 자세히 들여다보면 부모 중 하나는 계모 혹은 계부이거나, 너무 철없는 어린 부모라거나, 부모 아닌 친척이거나 모두 불안정한 상태로 사는 사람들이었습니다. 자기 자신하나 제어하지 못하는 사람들이 어린아이를 양육하며 산다는 것은 어쩌면 불가능한 일인지도 모르겠습니다.

친부모에게 버림받은 것이 상처는 맞습니다. 입양되고 파양 당한 것 또한 아픈 상처가 맞습니다. 하지만 그렇게 괴로운 일도 아닌 생각이 들었습니다. 사람의 생은 언젠가 마감합니다. 세상에 올 때는 순서가 있지만 갈 때는 순서가 없다고 하지요. 자식이 먼저 갈 수도 있고, 자식이 부모의 빈자리를 느낄 수도 있습니다. 자신이 싫다고 억지로 막을 수 없는 일이 삶과 죽음입니다. 그저 자연의 섭리입니다. 나이가 들면 부모님은 돌아가시고 언젠가는 혼자 남습니다. 배우의 대사 한마디에 웃음이 난 것도, 바로 그 때문입니다. 생각하기에 따라 마음이 달라진다고 하더니 순식간에 생각이 전환됐습니다. '나만 그렇다!' 한정 지을 때는 고통스럽더니 '남들도 다 그렇다!' 생각하니 일반적인 일처럼 느껴졌습니다. 인터넷에 유명 인사 입양아를 검색해보았습니다. 스티브 잡스, 마릴린 먼로, 비틀즈 존 레논, 빌 클린턴 대통령, 넬슨 만델라 대통령 등등 훌륭한 사람들이 많더군요. 마음이 편해졌습니다.

글을 쓰니 어릴 적 힘든 일들이 생각이 나서 한참 괴로웠습니다. 이제는 다 괜찮다고 생각했는데 꺼내보니 아팠습니다. 상처라고 생각했던 것이 오히려 아닌 것도 있었습니다. 지금껏 살아온 날들에 대해 이렇게 깊이 생각해보지 않았습니다. 찬장 속 오래된 그릇들을 꺼내어 닦아 깨끗하게 정리한 느낌입니다. 개운합니다.

인생에 걸림돌이라고 생각했던 일들이 저를 강하게 단련해주는 디딤돌이 되었습니다. 생각의 전환으로 마음이 이렇게까지 편해지다니 신기합니다. 힘든 사람들에게 제가 겪은 경험으로 작게나마 도움이 되고 싶다고 생각했습니다. 저의 상처가 당신에게 도움이 되고 위로가 될 수 있다면 그것에 감사할 것입니다. 저 같은 사람도 살아냈으니 당신도 어려움을 충분히 이겨낼 수 있습니다. 현재 상황을 낙망하지만 말고 생각 전환으로 마음의 평화를 찾는 기회를 만들어보세요.

생각의 힘이 얼마나 강한지 깨닫는다면
결코 부정적인 생각을 하지 않을 것이다.

- 피스 필그림

내 인생은 내 책임이다

자신을 대신해 뭐든지 해줄 수 있는 사람이 있다면 얼마나 좋을까요? 사전에 대신할 사람을 쳐보니 Replacement [후임자, 교체, 대체]가 나왔습니다. 대리해주는 대신에 주체인 사람이 바뀌어버립니다. 자신을 대신해서 다른 사람이 하는 것이지, 같은 사람이 될 수는 없습니다.

착각했었습니다. 다른 아이들은 부모가 대신 공부도 알려주고, 원하는 물건을 사주고 부모의 힘으로 아이가 산다고 생각했습니다. 세상이 불공평하다고 생각했지요. 부모는 어찌 됐건 선택해서 태어날 수 없기에 유아기까지는 맞는 이야기일 수 있습니다. 하지만 그 이후 받아들이는 주체는 분명 자신이 되어야 합니다. 아이가 못하는 것을 부모가 아무리 대신해준다고 해도 상황은 나아지지는 않습니다. 아이도 준비가 되어야 가능한 일입니다. 부모가 아이의 인생을 대신 살아줄 수는 없습니다.

아이는 유아 어린이 청소년을 거쳐 성인이 되지요. 어른들은 마음 안에 어린아이를 품고 삽니다. 몸은 어른이 되었지만, 마음은 상처받은 어린이로 '내면 아이'로 불리는 그것입니다. 아무리 어른이어도 '어릴 때 해소되지 못한 결핍된 마음'이 어른이 된 자신을 힘들게 하지요. 그 아이를 달래고 상처를 치유해주어야 합니다. 자신의 상처는 자신이 제일 잘 알기 때문에 스스로 끝까지 책임져야 합니다.

공황장애로 힘든 시기가 있었습니다. 발작처럼 오는 극심한 공포는 저를 아무것도 하지 못하는 바보로 만들었습니다. 공황장애를 진단받기까지 2년을 병원에 들락날락했습니다. 심장이 벌렁거리고 죽을 것 같아 심전도와 심장 초음파를 몇 번이고 찍어보았습니다. 결과는 항상 말짱했습니다. 현기증과 어지럼증이 심해 뇌 CT와 MRI도 몇 번씩 찍어보았습니다. 그 또한 정상이었습니다. 응급실에서 정신과 진료 권유로 심리검사를 하고 진단받은 것이 공황장애와 불안장애였지요. 원인을 아는 것만으로 마음 안정을 찾는 데에 큰 도움이 되었습니다. 원인을 모르고 아프기만 하니 답답했습니다. 병명을 알고 나니 나아질 거란 희망이 생겼습니다. 포기하지 않고 끝까지 알아낸 저에게 칭찬했습니다.

의사는 공황장애의 완치는 없다고 했습니다. 물론 약도 먹지만 몸과 마음 관리를 잘해서 힘들지 않게 하는 것도 중요하다고 했습니다. 아픈 상황은 스스로 마음대로 조절할 수 없었고 스트레스를 받지 않겠다고 해도 마음이 따라주지 않았습니다. 몸이 힘들 땐 잠을 자거나 편안하게 휴식하면 되지만, 스트레스나 마음 관리는 어떻게 해야 하는지 잘 몰랐습니다. 회사에서 돈 관련된 업무를 하던 제가 스트레스를 전혀 받지 않을 수는 없었기 때문에 마음 관리에 집중해야 했습니다. 생각 끝에 예전에 했었던 노래를 듣고 명상을 시작했습니다. 좋아지다가도 사람과의 갈등이 생기면 스트레스가 너무 커져 불안장애가 재발하기를 여러 번 반복했습니다. 그래서 저에게 가장 취약한 점이 '사람 스트레스'라는 것을 알았습니다.

극복하기 위해 여러 가지 방법을 생각했습니다. 갈등 관계에 있는 사람을 이해해보려고도 했고요, 이런 일들이 생길 수밖에 없는 상황을 받아들였습니다. 하지만 그것만으로 스트레스가 해소되지 않았습니다. 저도 모르게 화가 쌓였습니다. 저에게 딱 맞는 스트레스 해소법을 찾기란 만만한 일이 아니었습니다. 너무 화가 났던 날, 저는 스트레스를 준 사람에게 편지를 썼습니다. 평소에 하지 못할 욕도 쓰고 인생 똑바로 살라 심한 말도 썼습니다. 미신인지 금기인지 모르지만, 빨간색으로 이름도 썼습니다. 그리고는 종이를 박박 찢어버렸습니다. 속이 후련했습니다. 뭔가 모를 시원함과 통쾌함이 느껴졌습니다. 뒤끝이 남지 않고 혼자서만 알고 있는 이 방법이 저에겐 딱 맞았습니다. 저만의 스트레스 해소 방법을 찾은 것 같았지요. 너무 화가 나서 잠이 오지 않거나 울화가 치밀면 이 방법을 씁니다.

건망증이 심해 노트를 들고 다녔습니다. 할 일이 많다 보니 사람들과 대화하다 보면 해야 할 일을 종종 잊어버릴 때가 있었습니다. 일정도 쓰고 업무 계획도 세우고 메모도 하고 여러모로 썼던 노트입니다. 회사 동료들은 그 노트를 '데스 노트'라고 불렀습니다. 농담으로 업무 중에 딴짓하면 다 적어놓겠다! 했던 말을 진심으로 들었나 봅니다. 저의 업무는 돈에 관련된 일이고 신고 업무가 잦았기 때문에 자칫 큰 실수로 이어질 수 있습니다. 책임감이 무거워 늘 긴장하며 근무해야 했습니다.

아침마다 학교 가기 싫다는 고등학생 딸을 달래서 깨웁니다. 주말이 되면 일요일부터 학교 가기 싫다고 주문을 외웁니다. 학생은 학교에 가고, 회사원은 회사에 가고, 주부는 가정의 일을 해야 하는 것이 당연합니다. 귀에 딱지가 앉게 '너의 본분은 학교에 가서 공부하는 것'이라 잔소리합니다.

"가기 싫어도 가야 하는 거 알고 있지?"

"너의 인생이니 스스로 결정해야 해. 나는 너의 인생을 대신 살아줄 수도 없고 누구도 너의 문제를 해결해 줄 수 없어. 자기 인생은 다 자기 책임이야."

자신의 문제는 자신이 맞닥뜨려 결정해야 합니다. 어떤 문제든 자기 문제는 자기가 해결해야 합니다. 딸은 문제가 무엇인지 해답이 무엇인지 이미 알고 있었습니다. 이 세상에서 자신의 마음을 제일 잘 아는 사람은 자기 자신입니다. 지금의 저는 제가 결정한 일들의 결과입니다. 인생에서 일어나는 모든 일은 저의 삶이므로 제 책임입니다. 부당한 일일지언정 나는 어떻게 받아들일 것인가? 이후의 선택은 자신의 책임입니다.

당신의 인생은 당신 책임입니다. 끝까지 잘 책임져주세요.

책임감 없는 자는 고난을 멀리하려 하고,
책임감 있는 자는 고난에 대면한다.

- 조셉 버스터

'나'를 아는 것이 중요하다

저 자신을 알아가기 위한 마음공부는 쉬운 일이 아니었습니다. 좋아하는 것이 무엇이고 싫어하는 것은 무엇이며 무엇을 무서워하고 무엇을 용기 있게 하는지 하나에서부터 백까지 저에 대해 알아가는 과정입니다. 마흔일곱 살, 이 나이에도 저는 저를 모릅니다. 이것은 아마도 평생 알아갈 할 숙제가 아닐까 합니다.

딸의 사춘기가 오면서 갈등이 생겼습니다. 저의 마음속에도 어릴 적 아이가 삽니다. 딸과 다투다 보면 문득 나이만큼 성숙하지 못한 저를 발견합니다. 어떤 때는 아이보다 생각이 짧을 때도 있고요, 아이를 굳이 이겨 먹으려는 '나의 의도는 무엇인가?' 유치하기 짝이 없을 때도 있습니다. 또한, 가끔 아흔한 살 엄마를 보면서도 성숙한 인간은 나이와는 무관하다고 생각합니다. 나이를 먹으면 반대로 아이가 된다고 했던가요? 사춘기 딸과 감정 싸움을 하는 엄마를 보며 '인간은 원래 완벽한 사람이 없고, 사는 것은 다 똑같다.' 나름의 결론을 지었습니다. 인간의 본성은 누구나 본인이 최고이고 본인의 이익만을 바랍니다. 그러니 마음공부를 통하여 발전시키고 성숙한 태도를 보이도록 노력하는 것이지요. 살다 보면 주변에서 이전과는 확연히 달라진 사람을 만날 수도 있습니다. 자신밖에 모르던 사람이 주변을 살피게 되고 팀과 조직을 생각하게 되며 상대방의 처지에서 생각해보기도 합니다. 아마 어떤 사건이나 생각의 전환이 되는 시점이 있었을 것입니다. 적어도 저에게는 그런 과정이 있었습니다.

세상의 기준은 '나'입니다. 나라는 기준이 없으면, 주변이든 환경이든 잘 보이지 않습니다. 아이를 키우면서 반복적으로 들었던 말이 있습니다. '엄마가 행복해야 아이가 행복하다.'라는 말입니다. 엄마가 감정이 안정되고 행복해야 그만큼 아이에게 잘 전달하고 도움이 될 수 있다는 의미지요. 나라는 기준이 잘 정립돼야 다른 이에게도 긍정적인 영향을 미칠 수 있습니다. 부정적으로 생각이 치우치는 제가 싫었습니다. 이런저런 계기로 마음공부를 하게 되었습니다.

마음공부에 관심이 커졌습니다. 딸의 사춘기로 저를 돌아보게 하는 계기가 생겼습니다. 아기 때부터 직장생활을 한다고 많은 관심과 사랑을 주지 못했고 남들 다 그러고 사는 줄로 알았습니다. 유아 때 아이가 말이 느려 언어 치료를 하고 감정표현이 서툴러 놀이 치료를 했습니다. 초등학교 때 가끔 친구들과의 관계가 원만하지 않았고, ADHD를 진단받아 약을 먹었습니다. 틱 장애가 심해져 약을 추가했고 자신보다 남을 의식하는 관계로 우울증이 심해져 가족관계가 위태롭기도 했습니다. 아이가 죽고 싶다며 비가 오는 날 옥상으로 뛰어 올라갔을 때, 딸에게 아무 말도 못 하는 무능력한 저를 보았습니다. 이런 상황은 저를 공부하게 했습니다. 저의 불안했던 마음이 현실로 반영된 것 같았습니다. 어디서부터 잘못된 것인지 아이를 위해서라도 올바르게 잡아야만 했습니다. 저의 결핍이 아이에게 전달된 것 같아 너무 속상했습니다.

　중학교 때, 학교에 가지 않겠다는 딸과 갈등이 잦았습니다. 딸 나이 때의 제가 어떻게 지냈는지 생각해보았습니다. 당시 저는 행복하지 않았습니다. 매일 울었고 불행한 환경에 좌절했습니다. 우울했습니다. 친구들과 있으면서 잠깐 현실을 잊었지만, 마음은 늘 속상했습니다. 죽고 싶다는 생각을 많이 했었습니다. 그때의 저를 떠올리니 불편했습니다.

　요즘 시대는 학원에 가지 않으면 친구를 사귀기도 힘들다고 합니다. 저는 동네 친구라도 있었지만, 딸은 그러지 못했습니다. 생각해보니 미안한 생각이 들었습니다. 그 시기를 어렵게 보낸 제가 '그때의 나'를 잊고 살고 있었습니다. 생각 끝에 제가 딸의 친구가 되어주기로 했습니다. 조금이나마 숨구멍이 되어주고 싶었습니다. 청소년 심리에 관한 책과 교육을 유튜브에서 찾아 들었습니다. 아이에게 책이나 도움이 될 만한 영상들을 보라 권유했습니다. 청소년 관련 심리 공부를 하다가 어릴 적의 제가 상당히 아팠음을 알았습니다. 아이를 통해 내면에 결핍된 과거의 저를 마주하게 되었습니다. 더불어 아픈 딸의 감정도 많이 인정해야겠다고 생각하게 되었습니다.

'엄마 먼저 치료해야 아이도 좋아진다.'라는 말에 보건센터에서 심리치료도 받았습니다. 저의 살아온 시간을 돌아보니 조금 정리가 되었습니다. 나름대로 열심히 산다고 살아왔습니다. 이 세상 누구도 자기 인생을 하고 싶은 대로만 살지 못한다는 것을 인정했습니다. 이제부터라도 저의 삶을 소중하게 생각하고 살아갈 것입니다. 아이를 위해서 우리 가족을 위해서 좀 더 부지런해지고 용기 있게 행동하려 합니다.

하고 싶었던 일에도 좀 더 호기롭게 도전해보기로 했습니다. 아이에게 도전해보라는 말 대신 행동으로 보여주고 싶었지요. 꾸준히 노력하다 보면 어느새 목표 달성을 할 수 있다는 것을 보여주고 싶습니다. 조금씩 성장하는 모습을 보여주고 '너 역시도 할 수 있다!' 느끼게 해주고 싶습니다. 그래서 더 열심히 일하고, 책 읽고, 글을 쓰며 노력하는 모습을 보이려 합니다.

시간의 흐름으로 모든 것이 변하듯 사람도 변합니다. 나이가 들면 몸도 변하고 식습관도 변하듯이 마음도 그렇습니다. 그때그때의 상황에 스스로 어떻게 변하는지 지금 어떤 마음 상태인지 늘 주시하고 있습니다. 저를 인정하는 것으로부터 시작해 딸을 인정하고 더불어 가족을 이해하고 주변 사람들을 이해하고 사랑하게 되는 것이 마음공부인 듯합니다. 하면 할수록 마음이 편해지고 행복한 기분이 듭니다. 사춘기 아이 덕분에 저를 좀 더 깊게 알아가는 공부를 하게 되었습니다. 감사한 일입니다.

자신을 알아간다는 것은 평생 해도 모자란 공부일 수 있습니다. 자신의 마음을 공부하고 발전시키고 노력한다면 후회 없는 멋진 삶을 살아갈 수 있지 않을까요? 앞으로 펼쳐질 밝은 미래를 상상해봅니다. 매일 조금씩 성장하는 저를 기대합니다. 더불어 행복한 우리 가정도 함께 희망해봅니다. '나'를 아는 것이 중요합니다. 여러분도 독서와 글쓰기, 명상과 운동, 노래 감상과 일기 쓰기 등등 여러 가지 방법으로 자신을 알아가는 공부를 해보세요. 마음의 평화가 옵니다.

자기 자신을 돌보고 사랑하는 법을 배우는 것이
어린 시절 가장 귀중한 교훈이다.

- 벤자민 디즈라엘리

삶의 의미, 생각보다 소소하다

살다 보니 눈앞에 보이는 현실에 급하게 살아가기 바쁩니다. 출근하고 일하고 퇴근하고 집에 오면 산더미 같은 집안일이 기다리고 있습니다. 밥 먹고 치우고 식구들과 몇 마디하고 나면 하루가 끝이 납니다. '이렇게 하루가 다 갔구나!' 허무합니다. 다음날 비슷한 하루를 삽니다. 어제가 오늘 같고 오늘이 어제 같은 반복적인 삶을 살다 보면 인생이 허무하게 느껴지기도 합니다.

한때 살기 싫었습니다. 현실이 너무 가혹하다 원망했습니다. 왜 살고 있는지 생각해봤지만, 정답은 없었습니다. 제가 선택해서 이 세상에 온 것이 아니고 살아있어서 사는 것이었습니다. 하루하루 주어진 삶을 살다 보면 좋아질 거란 막연한 기대와 희망으로 살았습니다. 이번 고비가 지나면 다음 고비가 온다는 말처럼 저의 인생은 다른 사람들과는 다르니 받아들여야만 한다고 여겼습니다. 운명이라 생각했습니다. 총량의 법칙이라 했나요? 다른 사람의 몇 배로 힘들게 살고 있으니 미래에는 분명 좋은 일들이 일어날 거라 굳게 믿었습니다.

시간이 지나면서 주변 사람들의 관계로부터 회복되기 시작했습니다. 중 · 고등학교 때는 성가대 활동을 열심히 하며 친구들과의 친목으로 힘든 시기를 넘겼고, 사회생활을 시작하면서는 돈을 벌어야 한다는 생각으로 살았습니다. 물론 주변에서 도와주는 분들이 있었기에 가능한 일이었지요. 소녀 가장으로 책임을 져야 하는 가족이 있다는 것 또한 저를 포기할 수 없게 만들었습니다. 힘들다 느꼈지만 지금 돌이켜보면 저를 살게 한 이유였습니다. 낮에 직장을 다니며 밤에 공부할 수 있을까? 하는 의심은 '나는 할 수 있는 사람이다.'라는 것을 증명하며 끝났습니다. 뭐든 시작하면 어떻게든 이겨낼 힘이 있다는 것을 알게 되었습니다. 힘든 일일수록 더 큰 성취감과 보람을 느꼈습니다.

삶의 의미를 찾자고 하면 철학적으로만 들리거나 어떤 큰 목표가 있어야 한다고 생각했었습니다. 하지만 제가 느낀 삶의 의미는 그리 대단한 것이 아니었습니다. 각자의 인생 속에서 자신만이 찾을 수 있는 답이 분명히 있습니다. 자신이 하고 싶은 일이나 해내야만 하는 일, 경험을 통하거나 사람을 만남으로 알 수 있는 일 등으로도 찾을 수 있습니다. 시련이나 어떠한 문제에 대해 해결해나가는 과정에서도 삶의 의미를 찾기도 합니다. 살아가는 모든 행위에 대하여 자신만의 의미를 부여하고 살고자 하는 에너지를 채울 수 있다면 그것이 삶의 의미라고 생각합니다.

저의 삶의 의미는 처한 상황에 따라 달라졌습니다. 한때는 돈을 벌어서 집안에 보탬이 되어 가족을 지키고자 하는 마음으로 살았습니다. 지금은 글 쓰는 작가가 되어 저의 경험으로 다른 사람에게 도움이 되고자 합니다. 크게는 한 가정을 이루는 딸이자 아내이자 엄마인 삶으로 사랑하며 살자는 의미를 두고 지냅니다. 이렇듯 스스로 이루고 싶고 자신을 살게 하는 수만 가지들의 이유가 삶의 의미가 됩니다.

인생을 단순하게 생각해봅시다. 우리가 이 지구상에 같은 시기에 사람으로 태어나 한민족 공동체가 되었다는 것, 또는 살아가면서 인연을 만들어간다는 것은 얼마나 아름다운 일일까요? 지나온 일들의 후회와 서로를 탓하는 부정적인 것들은 집어넣고 좋은 것들만 선택하면서 살았으면 좋겠습니다.

통계청 자료(2019년 기준)에 보면 우리나라 인구 평균 수명이 83세(남자 80세, 여자 86세)로 나타났습니다. 통계에 의하면 저는 약 39년 남은 셈입니다. 그중 우리 가족 또는 좋아하는 사람들과 행복하게 지낼 시간은 과연 얼마나 될까요? 막상 계산해보니 마음이 조급합니다. 숫자로 따져보니 허투루 살아온 시간이 아쉽기만 합니다. 아름다운 추억과 사랑으로 살게 될 날이 얼마나 남았는지 모르니 더 열심히 살고 싶은 마음이 가득합니다.

중학교 때 하굣길에 친구들과 '아저씨 아줌마는 무슨 재미로 살아갈까?' 생각해 본 적이 있었습니다. 재미없을 것 같았지요. 그때의 저는 영원히 나이 들지 않을 것처럼 생각했습니다. 눈 깜짝할 사이 47세가 되어버렸지요. 20대는 20km, 30대는 30km, 40대는 40km로 달린다는 말이 거짓이 아니었습니다. 나이가 들수록 시간이 더 빠르게 지나간다는 것을 실감합니다. 20대 초반에는 친구들과 노느라 시간 가는 줄 몰랐고, 30대에는 열심히 일하며 지냈습니다. 결혼하고 아이를 낳고 살다 보니 어느새 40대가 되었지요. 그 나이 때마다 해야 할 일들이 가득했습니다. 그래서 바쁘게 살기도 했고요. 그런데도 저는 아직 하고 싶은 일들이 많습니다. 글 쓰는 작가가 되고 싶고, 저처럼 힘들었던 사람들에게 조금이나마 위로가 되는 사람이 되고 싶습니다. 그림도 그리고 싶고 될 수만 있다면 화가도 되고 싶지요. 꿈을 이루기 위해 무엇을 해야 하나 구체적인 상상을 해봅니다. 아직도 꿈꾸는 47세입니다. 시간이 영원히 멈추었으면 좋겠습니다.

　하고 싶은 일이 많은 사람도 있겠고 아닌 사람도 있겠지만, 어쨌거나 삶을 살아가면서 자신만의 삶의 의미를 생각해보는 시간을 가졌으면 합니다. 이왕 같은 시간을 살 거면 조금 더 열정적으로 살아보고, 죽음을 맞이할 때 '원 없이 해보고 싶은 것 다 해보고 간다!' 후회 없는 생을 살아보는 게 좋지 않을까요?

　이래도 저래도 내 인생입니다. 한번 사는 인생! 화끈하게 살아봐야 하지 않겠습니까?

삶은 충분히 감사해야 한다.
그리고 더 많이 웃어야 한다.

- 토니 로빈스

하느님은 나의 편이다

초등학교 2학년 때부터 성당에 다니며 기도하고 성경을 읽었습니다. 엄마에게 혼날 일이 생기거나 속상한 일이 생기면 제일 먼저 하느님께 기도하며 소원을 빌었습니다.

'집에 늦게 들어가도 엄마한테 혼나지 않도록 도와주세요!'

하느님은 작은 소원은 들어주고 큰 기도는 들어주지 않았습니다. 제가 한 큰 기도는 어른이 되고 나서도 한참 있다가 이루어진 것을 알았습니다. 청소년기에는 성가대 활동을 하며 성당 안에서 성장하게 했으며 냉

담하고 지낼 때는 교회에서 지낼 수 있도록 몇 번이고 다른 길을 통해 도움을 주었습니다.

9살부터 18살까지, 매주 성당에서의 돌봄이 있었습니다. 집에서 받지 못한 관심과 사랑을 성직자들로 채워주었습니다. 교사들의 보살핌이 있었고, 성당 친구들과 교회 안에서 놀게 했으며, 맛있는 음식과 간식으로 배부르게 했습니다. 성가대 단장을 맡아 지휘함으로 리더의 자질에 대해 알게 하였고, 수련회에서 트로트를 불러 신부님과 수녀님의 귀염둥이로 지냈습니다. 여러모로 사람들 사이에서 사랑받는다는 것이 무엇인지 알게 하였고 저는 하느님의 자녀로 부족함 없이 자라났습니다.

그런데도 저는 외롭고 불행하다 느낄 때는 가감 없이 하느님께 원망의 기도를 하기도 했습니다. 좋지 않은 상황이나 궁지에 몰리면 왜 저를 도와주지 않는지 따지듯 기도했고, 무엇을 얻기 위해서만 기도했습니다. 기도가 이루어지지 않으면, 다시는 기도하지 않겠다며 협박한 적도 있었습니다. 24시간 365일 저만 지켜봐야 하는 것처럼 당당하게 요구했습니다. 아홉 개를 받고 한 개를 주지 않는다며 원망했지요. 지금 생각해보면 참 바보 같았습니다. 기도만 하면 이루어지는 게 아니라, 노력과 실천이 따라야 한다는 것을 그땐 알지 못했습니다.

비록 친부모에게 버림받았지만 새로운 부모를 주었고 그것도 여의찮아 또 다른 부모를 주었지요. 어릴 때부터 성당 안에서 자랐고 크게 나쁜 일로 휩쓸리지 않았습니다. 크고 작은 시련이 있을 때도 하느님을 찾아 기도하게 해주셨습니다. 그리고 하느님은 언제든 늘 가까이에 있다는 것을 느끼게 해주셨지요. 언제나 늘 내 편이라 생각하며 살아왔습니다.

말 못할 고민으로 힘들 때, 저는 하느님께 기도로 고자질했습니다. 저를 공감하고 이해해줄 어른이 없어 습관적으로 그랬습니다. '너희는 부모님이나 형제자매가 너희 편이지만 나는 훨씬 더 강력한 하느님이 내 편이야. 너희가 나를 당해낼 수는 없어!' 마음속의 화를 풀어냈습니다.

삶은 부메랑이고 인과응보라 했습니다. 나쁜 행동과 마음을 가진 사람은 그에 상응하는 대가를 반드시 치르게 될 것입니다. 좋은 일에는 더 좋은 결과가 나쁜 일에는 더 나쁜 결과가 따를 것입니다. 남의 눈에 눈물 나게 하면 자기 눈엔 피눈물이 흐른다는 속담은 괜히 생겨난 것이 아닐 겁니다. 그것을 알기에 저는 마음이 불편한 일은 되도록 하지 않게 되었습니다.

신이 저의 편이라 생각하니 여유가 생겼습니다. 삶이 당당해졌습니다. 나쁜 일 하지 않고, 올바르게 살려고 노력합니다. 직장생활 할 때 별일이 다 생기곤 하는데, 되도록 화내지 않고 좋게 해결하려 합니다. 제가 조금 손해 보더라도 다른 이를 도와주려 합니다. 덕을 쌓는다고 생각하고 지냅니다. 그렇게 생각해도 일하다 보면 힘들 때가 있습니다.

  약자에게는 강하고 강자에게는 약한 사람들이 있습니다. 앞에서는 칭찬하고 뒤에서는 험담합니다. 앞에서 할 수 없는 말은 뒤에서라도 하지 말라고 했습니다. 차라리 대놓고 싫으면 싫다! 좋으면 좋다! 하는 것이 더 낫다고 생각합니다. 그것이 상대에게 성장할 수 있는, 기회를 줄 수 있기 때문입니다. 또한, 그런 뒷말은 상대방 귀에 쉽게 들어가기 마련입니다. 당사자가 아닌 다른 사람을 통해 듣게 되면 상처가 더 클 것입니다. 저는 다른 사람에게 상처를 주고 싶지 않습니다. 긍정보다 부정의 힘이 더 강력하기에 나쁜 말은 더 쉽게 돌고, 그 말은 자신에게 부메랑으로 돌아오기 마련입니다. 설령 선한 마음의 진심이었다 해도, 남의 입을 빌려 듣게 된다면 오해하기 쉽습니다.

  브라이언 트레이시는 사람에게 가장 중요한 것은 마음의 평화라 했습니다. 저는 성격이 생각보다 여려서 착하게 살아야만 마음이 편합니다. 과거 직장생활을 통해 마음의 평화를 잃고 질병을 얻은 경험이 있습니다. 그래서 더욱 사람들에게 상처 주는 사람으로 남고 싶지 않습니다. 저는 앞으로도 평화를 선택할 것입니다. 어떤 불편한 문제가 생기면 최대한 상대방의 입장으로 생각하고 말합니다. 또한, 불편한 감정이 생기면 상황이 힘들더라도 당사자에게 직접 이야기합니다. 그것이 서로를 위해 가장 좋은 선택이라는 것을 경험했기 때문입니다.

지금, 이 순간 존재하는 것으로 우리는 신에게 선택된 사람입니다. 사람은 세상에 태어나 감정들을 느끼고 경험하고 공부하기 위해 왔다는 영상을 봤습니다. 우리는 신에게 선택된 사람이므로 신은 늘 우리 편일 것입니다. 당신이 하느님을 믿지 않더라도, 당신의 신이나 혹은 우주에 의해 선택된 사람입니다. 온 세상과 우주가 당신의 편입니다. 이 세상을 사는 동안 그렇게 믿고 삽시다. 무소의 뿔처럼 혼자서 가지 못할 이유가 없습니다.

하느님은 늘 우리의 편이고, 우리는 선택된 사람들입니다. 특별한 우리, 당당하게 세상을 살아가 봅시다.

신은 우리에게 성공을 요구하지 않는다.
단지 노력을 요구할 뿐이다.

– 마더 테레사

실패 아닌 레벨 업이다

 초등학교 때 같은 반 친구를 따라 피아노 학원에 갔습니다. 친구는 피아니스트처럼 피아노를 잘 쳤고 거대한 예술가처럼 느껴졌지요. 저도 배워보고 싶었습니다. 집에 와서 피아노 학원을 보내달라고 몇 날 며칠을 엄마에게 졸랐지만, 집안 형편상 갈 수 없었습니다. 어쩔 수 없이 포기해야만 했지요. 스무 살이 지나고 두 번째 직장인 치과 병원에 다닐 때, 병원 골목 앞에 작은 피아노 학원이 생겼습니다. 지나다니다 몇 번의 망설임 끝에 들어가보았습니다. 성인도 기초부터 배울 수 있다고 해서 기초 과정을 등록했습니다. 그때부터였습니다.

'해보지 못한 것에 후회만 하지 말고 지금이라도 하나씩 해보자!'

그 후로 저의 도전은 계속되었습니다. 상업고등학교를 다니며 취득했던 자격증들은 너무 오랜 구식 자격증이었습니다. 예전에 인정해주었던 부기와 주산 자격증은 저를 옛날 사람으로 인식하게 했습니다. 지금은 회계가 모두 전산으로 바뀌어 전산회계 자격증을 취득하고 싶었습니다. 새로 입사하는 후배들을 보며 뒤처지는 느낌을 받았었습니다. 생각만 하다가 인터넷 강의를 신청했습니다. 그 후로 저는 한 달 만에 전산회계 1급 자격증을 취득하였습니다.

겨울이 돌아오면 어릴 적 엄마가 손뜨개로 만들어준 손모아장갑과 귀마개가 생각이 났지요. 엄마의 영향을 받아 고등학교 때 목도리를 직접 떠서 두르고 다녔습니다. 우리 동네에는 문화센터가 있습니다. 구경이나 가보자는 마음으로 방문했지요. 구경하다가 상담하게 되었고 예쁜 조끼와 가방, 모자 등을 보고 손뜨개 등록까지 하고 왔습니다. 평소 아기자기한 것을 좋아해서 퇴근 후 가볍게 취미활동으로 시작했습니다. 등록 후 몇 개월 동안 손가락 끝이 갈라지도록 뜨개질했습니다. 이런 저를 보고 친구들은 '누가 취미로 그렇게 몸을 혹사하니?' 걱정하기도 했습니다. 그리고 1년 후, 손뜨개 1급 강사 자격증을 손에 넣게 되었습니다.

하고 싶은 것이 있으면 일단 저질렀습니다. 시도하지 않고 후회하느니

해보고 후회하는 게 낫다 싶어서였습니다. 운전이 무서워 미루고 있다가 평생 운전면허를 못 딸 것 같다는 생각이 들었습니다. 일단 학원에 등록했고 2종 면허를 따고 1종을 취득했습니다. 기세를 몰아 3t 미만 지게차 면허증도 취득했습니다. 예전엔 뭐든 하고 싶어도 돈 없어 하지 못했던 시절이 있었습니다. 저 자신에게 보상하듯 하고 싶은 건 모두 해보고 싶었습니다. 지금 제가 글을 쓴 것도 '나의 이야기를 쓰고 싶다!'라는 마음에서 시작된 일입니다.

무식하면 용감하다고 했습니다.

'끝까지 해내지 못하면 어떡하지?' 생각했다가도 아무것도 하지 않는 것 보다 실패의 경험이라도 쌓는 것이 낫다는 생각에 일단 저질러 봅니다. 그렇게 시작했던 일들이 부족하나마 완성되어 자격증이나 어떤 성과로 돌아왔을 때의 쾌감은 말로 표현할 수 없을 만큼 짜릿했지요. 한두 번의 성공이 쌓이면서 자신감이 붙었습니다. 이리 가나 저리 가나 서울만 가면 된다는 옛말처럼 시행착오는 별로 신경 쓰지 않았습니다. 실패하면 될 때까지 하면 되니까요. 그렇다고 자신을 몰아세우지도 않았습니다. 천천히 즐기면서 이루어가는 과정을 즐겼고 마음 가는 대로 했습니다. 저는 제가 하고 싶은 것을 실행하는 것 자체가 너무 행복했으니까요.

도전이라는 말은 거창합니다. 하고 싶은 일을 할 수 있다는 것은 행복한 일입니다. 돈이 없어 하지 못한 것들이 많았기에 마음만 먹으면 무엇이든 할 수 있는 지금이 너무 행복합니다. 자신을 키운다는 말이 있습니다. 지금이라도 저를 키울 수 있다는 것이 얼마나 다행인지 모릅니다. 아이를 키우는 것도 재미있지만 제가 성장하는 기쁨도 큽니다. 저는 죽을 때까지 하고 싶은 일을 찾아 후회 없이 다 해볼 생각입니다.

후회 없는 삶을 살고 싶으신가요? 그렇다면 마음속에 품고 있는, 하고 싶은 것을 미루지 말고 당장 해보기를 바랍니다. 우리에게 무한한 시간이 있을 것 같지만 살아온 날을 돌이켜보면 짧게만 느껴집니다. 내일 당장 어떻게 될지 모르는 것이, 인생입니다. 일화가 있습니다. 암에 걸린 친구를 병문안 갔던 친구들이 빨리 죽을 친구가 불쌍하다고 걱정했습니다. 그들은 집에 돌아가는 길에 교통사고를 당해 그 친구보다 빨리 죽고 말았지요. 이처럼 알 수 없는 것이 사람의 생과 사입니다.

동창 친구들의 부고 소식에 놀라곤 합니다. 저의 나이는 죽기 이르다고 자만하고 살았나 봅니다. 병마와 싸우던 친구, 갑자기 사고가 난 친구, 마음고생이 심했던 친구의 부고 소식은 강풍에 떨어진 간판처럼 마음을 후려친 듯 큰 충격이었습니다. 세상에 오는 순서는 있어도 가는 순서는 없다고 합니다. 시간은 멈추지 않고 지금도 흐르고 있습니다. 하고 싶은 일을 하든, 하지 않든 시간의 흐름은 누구도 막을 수 없습니다.

저에게는 아직 하고 싶은 일들이 많이 남아 있습니다. 회계직 직장생활을 28년 동안 했고 스트레스도 많이 쌓였습니다. 먹는 것으로 해소했고 시간이 없다는 핑계로 운동하지 않아 몸이 많이 불어났습니다. 그로 인해 건강이 많이 나빠졌지요. 몸의 여기저기에서 질병이 늘어났습니다. 저는 더 후회하기 전에 건강해지기로 했습니다. 이번 기회로 저를 위해 우리 가족을 위해 건강을 지켜나갈 것이라고 다짐합니다.

한 인간으로 태어나 책 한 권은 남겨야지! 생각했고 그것을 이루기 위해 독서하고 글을 씁니다. 그리고 이렇게 책을 쓰고 있는 이 순간이 너무 행복합니다. 힘든 사람들에게 희망을 주는 메신저와 작가의 꿈을 향해 가고 있다고 생각하니, 가만히 있다가도 절로 웃음이 나곤 합니다.

지금까지 도전했다가 성공하지 못했거나 미루었던 일이 있다면, 다시 시작해 보시기 바랍니다. 실패해도 괜찮습니다. 인생 레벨이 쌓이는 중입니다. 끝날 때까지는 끝난 게 아닙니다! 될 때까지 하면 그만입니다. 세상과 작별할 때 후회하지 말고, 기회가 있을 때 도전해봅시다!

산을 움직이려는 이는
작은 돌을 들어내는 일로 시작한다.

- 공자

지금 힘들다면 성장의 길 위다

"나를 죽이지 못한 것은 나를 더욱 강하게 만들 것이다."

니체의 말을 좋아합니다. 저는 아직 죽지 않았고 위기 속에서 점점 더 강해지는 제가 자랑스럽습니다. 불우했던 시절을 지나, 어른이 되었을 때 알았습니다. 남들보다 조금 더 힘들었고 끝나지 않을 것 같았지만, 시간은 금방 지나가버렸습니다. 힘들어서 도망치고 싶었을 때도 있었고, 다 때려치우고 싶을 만큼 우울한 마음의 병도 있었습니다. 잠들 때 아침에 눈을 뜨지 않고 죽었으면 좋겠다고 생각한 때도 많았습니다. 부모에게 버림받고 새

부모님을 만났습니다. 가난했고 하지 못한 일들이 많아 저를 더 악착같이 살게 했습니다. 지금까지의 시간이 억울해서 더 잘 살고 싶었습니다.

"일이 쉽기만을 바라는 것이 인간의 본성이다. 그렇지만 성공하기 위해서는, 우리는 모두 도전을 흔쾌히 받아들여야만 한다. 먼저 자기 자신에게 도전하라. 그러면 당신은 틀림없이 성장할 것이다."

존 퍼먼의 말입니다. 어떠한 성장을 위해서는 시련의 극복이나 노력이 필요합니다. 불편함과 견디지 못할 고통이 따르기도 하겠지요. 자신이 이루고자 하는 목표나 꿈이 크다면 더 큰 시련과 고통을 감내해야 합니다. 고통은 쓰고 열매는 달다는 말처럼 고통을 이겨낸 사람만이 성장의 기쁨을 더 달게 맛볼 수 있을 것입니다.

성장은 그리 대단한 것만 일컫는 말이 아닙니다. 어제보다 조금이라도 더 잘 해내고 스스로가 노력했다고 인정할 수 있으면 그것으로 충분합니다. 성공과 성장을 너무 거대한 일로만 보지 않았으면 합니다. 아주 작은 일도 해냈다는 것을 자랑스럽게 생각해야 합니다. 그 작은 일들이 모여 큰 힘을 발휘할 수 있기 때문이지요. 스스로 자신을 믿는 힘은 아주 강력한 것입니다. 무엇이든 믿는 대로 이루어지기 때문입니다.

어떤 일이건 일어나고 있는 시점에서는 결과를 알 수 없습니다. 중학생이었을 때 파출부나 가라며 학교에 가지 못하게 한 아빠가 있었습니다. 180원짜리 회수권 한 장이 없어 더위와 추위를 두려워하며 고등학교를 겨우 졸업할 수 있었습니다. 직장생활하며 야간대학에 다닐 때는 그것이 저의 인생에 어떤 영향을 줄 것인지 전혀 알 수 없었습니다. 힘들었지만 그 시간을 견뎌냈고 저를 더욱더 강하게 만들었습니다. 지금은 웬만한 어려움에는 잘 흔들리지 않습니다. 흔들리더라도 곧 제자리로 돌아옵니다. 그 시기를 잘 견뎌낸 저는 전보다 더욱 강해졌습니다.

어떤 미래를 원하고 있습니까? 어떠한 사람도 현재보다 못한 미래를 바라지는 않을 것입니다. 꿈이 있습니까? 그렇다면 그 꿈을 이루어보세요. 목표를 잘게 쪼개어 당장 이룰 수 있는 작은 일들로 바꾸어 봅시다. 그것들이 하나둘 쌓여 갈 때 멀게만 느껴졌던 목표가 점차 가까워지는 것을 알 수 있습니다. 실현할 수 있는 작은 꿈들은 목표에 집중할 수 있게 만들어줍니다. 작은 일들의 성공으로 큰 꿈을 좀 더 빠르게 이룰 수 있을 겁니다. 책을 쓰겠다고 결심했을 때 한 권의 책을 어떻게 다 써야 하는지 막막했습니다. 하루 한 개의 소제목 글을 쓰겠다고 생각하고 무작정 썼지요. 쓰다 보니 결국 마지막 글까지 오게 되었습니다. 꿈을 덩어리로 보지 말고 쪼갭시다. 할 수 있는 것만큼만 꾸준하게 실천하다 보면 생각보다 빠르게 이룰 수 있을 것입니다.

세상에 태어나서 47살이 되기까지의 세월은 돌아보면 모두 성장의 길이었습니다. 어쩌면 사는 것 자체가 성장일 것입니다. 28년 전, 19살 소녀 가장으로 경제활동을 처음 시작했을 때 버스회사에서 50만 원의 급여로 시작했습니다. 현재의 급여는 그때와는 다르게 몇 배의 차이가 납니다. 28년 동안 저는 사원으로 시작해 부장의 자리에 오르기까지 수많은 아픔과 고통을 겪어야만 했습니다. 일련의 훈련 과정들이 있었기에 지금의 제가 있습니다. 세상에 공짜로 주어지는 일은 아무것도 없습니다.

'나를 바꾸는 데는 단 하루도 걸리지 않는다.'라는 주얼 D. 테일러의 말이 있습니다. 결심하여 마음먹고 행동하는 것은 단번에 바꿀 수 있다는 뜻입니다. 자신이 원하는 일의 결과를 내기 위해 당장 해야 할 일이 무엇일까요? 어떤 일을 해야 하며 그 일을 어떻게 지속할 수 있을까요? 준비할 시간은 필요하지 않습니다. '단박에 끊어낼 용기'만이 필요합니다.

담배를 10년간 피워온 사람이 있다고 가정해봅시다. 1년에 걸쳐 금연하는 것과 단박에 결단하고 금연하는 것은 어떤 차이가 있는 걸까요? 다이어트를 결심한 사람이, 밀가루와 즉석 음식을 단박에 끊어내는 것과 조금씩 줄여가는 것은 어떤 차이일까요?

둘 다 결과를 내기 위해 성공적인 행동을 실천했다면 좋은 일이지만, 단박에 하지 못할 이유는 의지의 차이입니다. 우리가 곧바로 결심하고 행동한다면, 어쩌면 인생에서 원하는 것을 모두 이룰 수 있을 것입니다.

이 글을 읽고 있는 당신은 '이미 지난 일이기 때문에 쉽게 말하는 것 아닌가?'라고 생각할 수도 있습니다. 물론 지나온 시간이 쉬웠다고 말하는 것은 아닙니다. 지금의 힘듦을 견디고 나면 어떤 달콤한 열매가 주어질 것인가에 대한 희망 이야기를 하는 것입니다. 힘든 시기와 고난이 자신에게 얼마나 큰 성장을 가져다줄 것인지는 지금 당장은 알 수 없습니다. 저 역시도 성장하기 위해 노력하고 있고, 자주 실패하며, 더 노력하지 않는 자신을 원망할 때도 많습니다. 저의 경험으로 비추어 볼 때 그런 일들은 성공으로 가기 위해 꼭 필요한 과정입니다. 저도 당신도 순간순간 실패하고 좌절하고 또 도전하겠지요. 하지만 분명한 것은, 당신은 모든 것을 잘 이겨내고 지금보다 더 큰 사람으로 성장할 것입니다.

실패 없이 성공만 하는 인생은 없습니다. 한 번도 실패하지 않고 모든 것을 이루었다면, 그 이야기는 성장하는 이야기가 아닙니다.

당신은, 지금 성장의 길을 걷고 있습니다.

이 세상에서 중요한 것은 우리가 어디에 서 있는가 하는 문제가 아니라
우리가 어디로 가고 있는가 하는 문제다.

- 올리버 웬델 홈즈

마치는 글

우리는
성장의 길을
걷고 있습니다

지난날을 돌아보며 쓰는 글들은 눈물 나게 아프기도 했고 몸살을 앓을 만큼 힘든 일이기도 했습니다. 아픈 기억을 돌아본다는 것은, 쉬운 일이 아니었습니다. 그런데도 확실한 사실은 글을 쓰며 성찰과 반성, 그리고 살아온 날들에 대한 정리가 되었다는 것입니다. 인생의 절반쯤 살아온 저는, 앞으로 살아갈 날에 대한 큰 힘을 얻게 되었습니다. 힘든 사람에게 조금이라도 도움이 되어야겠다는 마음으로 쓴 글이 저에게 제일 큰 힘이 되어주었습니다. 감사합니다. 더불어 힘든 시기 때문에 상처 입거나 힘겨운 과정에 있는 이들이 있다면 조금이라도 위안이 되었으면 합니다.

지난 힘든 시간, 저를 성장할 수 있도록 도와주었던 내용을 세 가지로 정리해보았습니다.

첫째, 꿈과 희망을 절대 놓지 말아야 합니다. 당장 눈앞에 보이는 난관들이 힘들더라도 그 시기를 잘 이겨내면 보상의 시간이 반드시 오기 마련입니다. 고통은 반드시 선물을 가지고 옵니다. 우리가 아는 위인이나 유명인들도 힘든 시간과 고난을 이겨내 위대한 업적과 성과를 남기게 되었습니다. 저 역시 녹록지 않았지만 잘 이겨냈습니다. 그러므로 당신도 이겨내리라 믿습니다. 자신을 믿고 포기하지만 않는다면 힘든 터널을 빠져나올 것이라 생각합니다. 이루고자 하는 꿈과 희망을 늘 기억하고 살아간다면 잘 넘어가리라 생각합니다. 길어야 100년! 길지 않은 인생에 하고 싶은 일 하며 언제나 꿈을 꾸고 이뤄나가기를 기대합니다.

둘째, 긍정을 선택해야 합니다. 사람의 생각은 긍정보다 부정이 3배 이상의 힘이 세다고 합니다. 그러므로 긍정적인 사람이 되려면 3배 이상의 노력이 필요하다는 뜻이겠지요. 자신을 위해서 반드시 긍정을 선택하시기를 요청합니다. 부정적인 생각을 하는 순간 알아차리고, 다시 긍정 회로를 켜려고 저 역시 노력 중입니다. 자신에게 자주 희망을 선물해봅시다. 힘든 생활 속에서도 삶을 평화롭고 행복하게 지내도록 자신 스스로 도와야 합니다. 하고 싶은 일을 시도하고 다채로운 경험을 하며 살아가는 것은 축복입니다. 저는 저에게 주어진 삶의 어려움을 넘고 이루고 싶은 일을 해나가며 살아있음을 느낍니다. 당신은 당신 인생의 주인공입니다. 앞으로도 흥미 있고 재미있는 일들로 당신의 삶을 긍정적으로 꾸미며 살아가세요.

셋째, 그 누구보다 자신을 사랑하며 살아야 합니다. 자존감과 마음 지키며 살아가기 힘든 세상입니다. 나 자신보다 남의 이목을 생각하며 눈치를 보는 사람들이 많아지면서 마음공부나 심리, 자존감이라는 단어를 많이 접하게 되었습니다. 타인은 사랑하면서도, 자신을 사랑하는 것이 힘든 이들이 있습니다. 저도 그런 사람 중의 한 명이었습니다. 스스로 사랑하지 않으면서 누가 자신을 사랑해주기를 바랄까요? 자신을 찾고 자신의 마음을 공부하는 삶이 되어야 합니다. 그래서 타인도 자신도 사랑하는 삶이 되길 바랍니다. 내 인생의 주인공은 타인이 아닌 내가 되어야 합니다.

TV에서 사람이 생을 마칠 때, 가족이나 지인에게 사랑한다는 말을 제일 많이 한다는 내용을 보았습니다. 어쩌면 우리는 이 세상에 사랑하기 위해서 태어났는지도 모릅니다. 사는 과정에 고통과 슬픔이 있지만, 그 속에 기쁨과 사랑이 우리를 살게 하는 원동력이 되어줍니다. 저 역시 어려운 삶이었지만, 그 가운데 기쁨과 사랑 그리고 즐거움이 저를 살게 했습니다. 제가 만든 기쁨도 있었고 선물 받은 희망도 있었습니다만 사람을 사랑할 때가 가장 좋았습니다. 가족, 친구, 직장 동료 등등 나눔과 격려로 '나를 살게 하는 힘'은 제 주변 사람들에게 있었습니다. 지금까지 저를 도와주신 모든 주변 사람에게 감사의 말씀을 전합니다. 더불어 살아가는 동안 서로 더 많이 아껴주고 사랑하고 표현하는 삶을 살겠습니다.

늘 도움을 주었던 저와 '같이 살아가는 사람들' 모두 감사드리고 축복

합니다. 함께해주서서 감사합니다. 여러분이 있어 저의 힘들었던 시간이 살 만했습니다! 여러분이 모두 모여 저를 살게 했습니다. 힘들 때 내 손을 기꺼이 잡아주고, 눈물 흘릴 때 어깨를 빌려줬던 친구들아, 애정한다. 마지막 우리의 남은 인생도 함께 걸어가자! 감정적으로 부족한 저를 위로해주고 함께 이끌어가고 끌어주셨던, 저를 스쳐간, 그리고 지금도 함께하는 모든 직장 동료에게도 감사의 인사를 전합니다. 고맙고, 사랑합니다.

힘든 살림에 저를 데려와 길러준 사랑하는 우리 엄마! 임영예 여사님, 정말 감사하고 사랑합니다. 어떤 말로 감사의 마음을 다 표현할 수 있을까요? 엄마가 존재하는 것만으로도 나에겐 큰 힘이 됩니다. 매일 잔소리 해도 좋으니 늘 건강하세요. 감정 기복이 큰 가족과 함께 살며, 힘든 노동으로 가정을 책임지는 우리 집 가장 최기철 씨. 늘 묵묵부답으로 무관심해 보이지만 마음 쓰고 있는 거 다 압니다. 고마워요. 당신이 곁에 있어 너무 든든합니다! 그리고 감정의 소용돌이 속에 사는 사춘기 딸, 엄마는 네가 뭐든 마음만 먹으면 다 잘 해낼 걸 알고 있단다. 잘하고 있고 앞으로도 잘할 거야. 우주만큼 사랑해! 우리 가족 모두 사랑합니다!

마지막으로, 이 책을 끝까지 읽어주신 당신에게 감사의 인사를 전합니다. 당신의 인생에 평화와 사랑이 충만하기를 바랍니다. 감사합니다.